流嘉 著

I WANNA GROW OLD WITH YOU

请把乌云赶下大海 下

U0913004

江苏凤凰文艺出版社
JIANGSU PHOENIX LITERATURE AND ART PUBLISHING, LTD

图书在版编目（C I P）数据

请把乌云赶下大海 ： 全2册 / 流嘉著. -- 南京 ：
江苏凤凰文艺出版社，2018.6
ISBN 978-7-5594-1859-3

Ⅰ. ①请… Ⅱ. ①流… Ⅲ. ①言情小说－中国－当代
Ⅳ. ①I247.5

中国版本图书馆CIP数据核字(2018)第071178号

书　　名　请把乌云赶下大海
作　　者　流　嘉
出版统筹　黄小初　沈洊颖
选题策划　北京记忆坊文化
责任编辑　姚　丽
特约策划　紫　木
特约编辑　虾　球　单诗杰
责任监制　刘　巍　江伟明
封面绘图　三　乖
封面设计　80零·小贾
版式设计　段文婷
出版发行　江苏凤凰文艺出版社
出版社地址　南京市中央路165号，邮编：210009
出版社网址　http://www.jswenyi.com
印　　刷　环球东方(北京)印务有限公司
开　　本　880毫米×1230毫米　1/32
字　　数　326千字
印　　张　14
版　　次　2018年6月第1版，2018年6月第1次印刷
标准书号　ISBN 978-7-5594-1859-3
定　　价　56.00元（全二册）

影视版权抢订热线　010-57194853

（16）

颜艺连着好几天没有回家，泰格上上下下正是最吃紧的时候，她干脆收拾出一个大的旅行箱，将洗漱用品和换洗的衣物都装好，长期驻扎在办公室。好几天没有童岸的消息了，颜艺有些担心，前天夜里收到他从游戏页面发过来的对话框，只有简短的几个字："我一切都好，天冷注意保暖。"

已经习惯了童岸在她的生活中长久的隐匿，七年的时间，滴水藏海，现在两个人之间依旧有很深的隔膜与误解，他还能发个信息问候一下，也算是有心了。她想了想，回复道："你也保重。"

桌子上的几台电脑映照着颜艺的面孔，她抬头，无意中看见自己的脸上竟是笑盈盈的表情，一瞬间颜艺有些尴尬，好在办公室里只有她一人。这么明显的感情流露，让颜艺有些害怕。

她给自己画好了界限，再也不会踏入童岸的情感世界里，也不允许童岸在自己的心里再次肆意地掠夺。可是，她的理智，敌得过她的心吗?

还是渴望能听到他的声音吧？还是希望能有一点点与他相关的消息吧？颜艺苦笑，这七年，自己在感情上似乎并没有什么长进。

颜艺叹口气，把漫无边际的思绪收回来，她看着潘悦安拿给她的电脑，这几天忙得昏头，没来得及研究照片的事，颜艺打开潘悦安的邮箱，慢慢地查找一切有用的线索。

是谁拍下了这么私密的照片，又是谁，处心积虑地将它发到潘悦安的邮箱里？颜艺的手指不停地敲击着键盘，越想越觉得这件事不寻常。

她思量再三，觉得还是把照片的来龙去脉查清楚，再跟潘悦安联系比较好，与其零零碎碎地让他接受父亲出轨的现实，不如把事情查清楚，弄清背后到底是谁在捣鬼，可能对他处理这件事更有利。

她是黑客高手，要查出源地址绝非难事，即便发送人采取了安全措施，要在她面前想做到踏雪无痕也不是那么容易的。

再过不到两个小时，津洲将迎来冬季黎明的第一缕曙光，窗外面的天色，沉浸在黎明之前最深沉的黑暗中。颜艺看着显示器上的那一行数字，熟悉又刺目。

颜艺觉得自己要喘不上气来，她跌跌撞撞地跑进洗手间，掬起一捧凉水狠狠地泼在脸上，等到她的大脑清醒下来，她才敢抬头看看镜子里那张湿漉漉的脸。

她脸色惨白，从发现那封披了重重伪装的邮件，其实是从自己的住所发出来的那一刻，颜艺的心就像是被谁猛烈地一击，几乎置她于死地。

发这封邮件的时间，她确定只有颜朗在家。

颜朗把这封会掀起津洲市官商两界滔天巨浪的邮件，发给了潘悦安。

他到底要干什么？他的背后，到还有多少见不得人的事？

杜老板的另一处买卖，做得隐蔽而神秘，虽然经营的时间不长，但利润相当肥厚。走私进口汽车零件，对他来说赚到的不过是刀头蜜，风险不小，却赚不了几个钱。他有一整个修车厂的人要养着，车厂的生意还算过得去，可杜学富的心里还是不落底，他这几年总觉得嘴里干渴得厉害，肚子里永远没有吃饱的感觉，他要赚很多很多的钱，只有钱，才能抵消掉饥渴的销蚀。

杜薇的身影晃进他的视野，女儿长得很像亡妻，他犹记得杜薇妈妈在她这个年纪时，也喜欢打扮，穿两件鲜亮衣服，但那时家里条件不好，还有个嗷嗷待哺的孩子，舍不得穿，甚至生了女儿后，妻子的身体一直不太好，也不敢去医院，生怕掏空了家底。

想起故去的妻子，杜老板的眼睛里盈满了泪水，他很少这样失态，也许是上了年纪，血雨腥风都过来了，打打杀杀也熬出头了，反而更加留恋妻子存在他记忆里的一颦一笑。

流年不顺，上个月邻市的销售点被“条子”端了，据说是因为几个散货贩子露了马脚，这才出了事，更让他坐立难安的是，那个点的负责人老K也栽了进去，至于他在里面抖落出来什么，就难说了。

好在他们一直是单线联系，中间还加着点子、小五鬼好几道人马，即使查到宏达车厂，也找不出杜老板自己的破绽，就算查出来，还有左军几个人顶着，都是打小就跟着他的，再说了，他们的亲人都在津洲，杜老板对他们是手拿把掐，谁敢把他牵扯出来，就是自找死路。

一杯热茶下肚，杜老板的一颗心仿佛也泡进了温水里，有了些许的舒坦。等忙过这一阵，差不多需要半年的工夫吧，他就把车厂抵出去，其他的生意陆陆续续转了手，带着杜薇找个风景好气候好的城市，最好是国外，彻底跟这里说拜拜，过自己富足安逸的晚年生活。

杜老板喝茶喝痛快了，准备出去会会老朋友，顺便探探邻市的消息。他没开那辆路虎，为了低调，他让小平头把自己的Nissan开过来。小平头停好车，恭敬地拉开车门。杜老板刚上车，打着火准备倒车，童岸就急匆匆地赶来，拦在车后，逼停了杜老板的车。

杜老板疑惑：“你拦我车干吗？不怕撞死你？”

童岸一脸急色：“老板，您这辆车的声音不对，开出去会有危险！”

杜老板脸色一变：“胡说八道什么，我的车能有什么危险？”

杜薇也匆匆赶来，对童岸努努嘴，意思是不让他说话，童岸犹自聒嘴：“您踩刹车时没听见什么异常的动静吗？”

杜老板虽然嘴上强硬，但也惜命，赶紧下车，兀自说道：“你小子要是耽误了我的事，看我怎么收拾你。”

童岸三两下打开车子的变速箱，用手指蘸了一点机油，放在鼻子底下嗅着，“没错，有人往您车子的刹车油里放了酒精。”

杜老板将信将疑地把鼻子凑上去，果然有一股淡淡的酒精味道，他自己是车厂老板，自然懂得，在刹车油里加了酒精，刹车油就会失去润滑作用，整个变速箱都会被磨坏，如果高速行驶，很容易出现大问题。

杜老板心里一惊，脸色却是缓和下来，他不动声色地拍拍童岸的肩膀：“嗯，亏得你耳音好，不然我真要出事就麻烦了。这样吧，你去把我的路虎开过来，我换辆车。”

望着童岸的背影，杜老板的心里不是没有一丝疑惑，这样的事太巧了，巧到天衣无缝。事后几天，他私底下问了，童岸根本就没靠近过那辆车，车一直在左军手里，若说是童岸做的手脚，也未免太牵强，也只有知道他今天行程，并且干掉自己有利可图的人，才有可能下这样的毒手。

杜老板的车绝尘而去，童岸站在修车厂门口，看着那辆路虎消失在路口转弯处，小平头擦擦额头的冷汗，堆着笑凑上来：“童哥，今天亏了你了，老板真要有个三长两短，我可担不起。”

童岸的眼睛里有让人捉摸不透的光，他觉察到背后有人，眯起眼睛回头看，杜薇正用一种感激和爱恋的眼光，默默地注视着他。

童岸收回眼光，他面无表情地转过面孔，一切都在他和老冯的计划之中。

早上的时间从来没有这么漫长过，颜艺几乎是一分钟一分钟地数着，才熬到了大多数人起床的时间

她没有感觉到困倦，她似乎关掉了对外界所有的感知，只等着进一步确认的真相。颜艺抬腕一看时间，没有片刻的犹豫。

潘悦安接电话的时候还有刚起床时的慵懒：“怎么了，颜艺？”

“很重要，照片我已经查清楚了，我今天需要见你。”

潘悦安立刻清醒：“好，中午我有时间，我去找你，我也有事跟你说。”

两个人相对着沉默。沉默意味着将要带给彼此的都不会是什么令人振奋的消息。任何和亲人有一丝关联的丑闻，最难堪的，还是

血肉相连的至亲。

还是上次的广东菜馆，潘悦安到得比颜艺早，颜艺面色冷静却憔悴，潘悦安有些不忍，他知道她最近忙得连家都回不去，还要为自己父亲的事操心，刚想说些什么，颜艺轻轻地摆了摆手。

她控制住自己的情绪，打开电脑，条分缕析地给他讲明这张照片的来龙去脉。当然，她暂时没有说出邮件的发送者是她的亲哥哥。震惊之后，颜艺也在考虑，颜朗是不是受什么人操纵，或是有什么苦衷，才做下这下的事，颜朗的动机尚未查明，她不想贸然把哥哥推到潘悦安的眼前，毕竟，潘家多年在津洲，根基之深远不是她能想象的，一切都不明朗的前提下，颜艺不敢打草惊蛇。

潘悦安喝了一口热茶，脸色越发沉重，颜艺心虚，没有胆量抬眼正视他，当他听到颜艺说，照片没有经过任何的技术处理时，他额上的青筋不经意地跳动了一下。

颜艺说，她只知道这张照片是某段视频的截图，发送的服务器在国外，而且匿名，无法追踪。说这话时颜艺心虚地低下头，她不善于撒谎，她怕自己的眼神出卖了她极力掩盖的真相。潘悦安不疑有他，轻轻地点点头，接过笔记本，合上，放在一边的座位上。

“我也有话想对你说。”潘悦安握住颜艺的手，她才察觉到他的手指比她的还要凉。

“嗯。”她的内心涌起不好的预感，可她能怎么办，有的选吗?

潘悦安从随身带来的公文包里掏出一沓A4纸质文件，颜艺一眼认出是上次她交给潘悦安去查的，那种窒息的感觉，再次涌了上来。

情况比她预料的还要糟糕。颜朗电脑里存的，根本不是什么公司的财务记录，也不是他公司进口货物的收支表。在这几张文件中间，有一页标题为“现金”的材料，很可能是一个随笔记下的不正规的现金账单，这张账单上最可疑也最令人震惊的一笔，是一项标着350数字的账目，经过和其他账目金额数字的分析，这个350很可能是表示一笔三百五十万的个人收入，从文字和时间的衔接看来，可能是发生在两个户头之间的一次往来收付。

收到的一方，英文缩写是YL，付出一方的名称，也是缩写，暂时还不能确定含义，似乎是个修车厂。还有一笔钱，是近期汇给个人的，五万元。

颜艺目瞪口呆，又将信将疑，颜朗的活动范围和接触的业务对象，她大体也有个了解，这么大的金额，又不是发生在公司之间，还有那笔私人汇款，他到底做了什么，或是准备做什么，颜艺一头雾水。

两个人坐在初冬的暖阳里，各怀满腹心事，却又无法彼此宽慰。颜艺第一时间想到的人，只有童岸，这一刻她无比想见到他。

也许童岸对哥哥的怀疑不是空穴来风，重重的疑点堆积起来，慢慢地蚕食掉颜艺对哥哥的最后一点希望，还有信任。

刚入冬的山里，温度比市区低不少，童岸一路上冻得上下牙齿打战。这次进山，上次的“沈先生”没有出现，杜薇自告奋勇地要跟着，左军也在车上，见了童岸，没有寒暄，招手示意他上车。

左军以后不跑这条线路了，这条路线是他刚跟着杜老板做生意的时候常跑的，现在童岸来了，杜老板让他把这条线转交给童岸，他开始还想不通，认为杜老板卸磨杀驴过河拆桥，气得要找童岸撒火。还是沈先生出面安抚，说你现在盯着的是更大更重要的生意，这点蝇头小利不值得你再耗费精力，杜老板对你很重用，不然的话怎么放心让你去担这么重要的生意，不要因为一个童岸，就坏了你的大事。

沈先生的一席话按下了他浮躁的心，左军不是傻子，他明白以沈先生的身份来对他说这番话，既是劝慰，也是暗中提醒——你的一切不过是杜老板给的，好自为之，还有出头之日，若是真的把童岸弄死了，也没你的好处。

左军不敢不服气，有些人就是命好，凭着一张帅气的脸，什么样的江湖险恶也不用经历，轻轻松松就跟着跑了两趟线路，熟悉了就能独当一面。不过，跟在杜老板身边这么多年，左军也揣摩出点儿他的心思，倒腾个进口车零部件，运气不好被端了，判个十年八年的还能出来，要是他自己现在从事的营生被条子逮住了，那可就是掉脑袋的事。杜老板不愧是经过的见过的，知道不能让杜薇的心上人冒生死的危险，所以才给了他这条线。左军心里有些不痛快，脸上却也没有太表现出来。

老母鸡还知道护崽，更何况只有一个掌上明珠的杜老板呢，不过杜老板私下也跟他说过，也就再干三五年，等杜薇结了婚，一家几口马上移民出去。到时候他打下来的江山，也不打算给薇薇留着，左军要有那个心气，干脆就让左军扑腾去吧。

想到这儿，左军的脸色稍有舒缓，这条路线他早就不干了，谁来接手都一样，何不顺水推舟做个人情，反正杜老板也不会亏待了他。只是可惜杜薇这块到嘴的肥肉被人掏走了，他心里到底还是有些不痛快，宏达车厂的人都以为，他最终会成为杜老板的乘龙快婿，没想到让童岸截了胡。

左军清清喉咙，童岸的视线离开手机的游戏页面，疑惑地看着他。

“小童，我这次呢，带你熟悉一下交接货的流程，认认你的下家，至于货款什么的，杜老板都跟你说怎么弄了吧。”

童岸点点头，杜老板前些天把他叫到办公室，态度和蔼，絮絮叨叨地说了很多，意思很明确，让他跟着多跑几趟山里，以后这摊业务也许就要交到他的手上了。

根据他从杜薇嘴里套出来的信息，左军以后要负责的是更重要的业务，至于这个业务是什么，他暂时还不清楚。

老冯的叮嘱回响在耳边：“尽量弄明白杜学富走私进口车零件的途径，以及他的发货渠道，时刻注意自己的安全，你的身份尽可能不要暴露。”

童岸装作不经意的样子跟左军套近乎，他发现左军喜欢车，尤其是豪车。左军自己名下有一辆捷豹，又看上一辆悍马，童岸心里起疑，左军自己都说了，以后会很少跑山里的业务，但左军又想添置一辆适合山地越野的车，这是又有什么打算？

他们到达目的地时，已经是晚上九点多，童岸下车时冻得手脚都要僵了，杜薇见状，从看仓库的工人那里要来一件半旧的军大衣扔给他：“以后手头常备进山的衣服，这里的气温可不是闹着玩儿的，冬天进山，要是迷了路，冻死人都不新鲜的，”她搓着手在他身边打转，“你看我，加拿大鹅一捂，冻都冻不透。”

童岸接过大衣披上，上面的烟草味和机油味直窜鼻子，他揉着鼻子四处打量，上次来没机会靠近观察，这次等到大门拉开的时候，他才赫然发现，几百平方米大小的仓库，密密麻麻地堆满了汽车零件，如同已死汽车的心脏，触目惊心。

有几辆车随后停在了仓库门口，童岸抬眼一瞧，都是外地牌照，他们也不多话，上来向左军问清了价格和成色，就开始清点发动机数量，一台台往他们的车上搬，左军浮皮潦草地给他指着，这是邻市飞腾车厂的，那是邻省专门做改装车生意的，一会儿还有别人来提货，他们的联系方式我整理好给你，以后这块业务你自己摸索吧，只要注意别把条子引上来就成。左军随手递给他一份皱巴巴的文件："这是这一年来的出货进货流水，你自己研究吧，这个我教不了你。"

清点完存货，左军朝童岸走过来，用脚尖钩过一张只剩三条腿的凳子，歪斜着坐在童岸身边，从口袋里摸索出一盒烟，弹出一支，手指夹着递给童岸。

正在童岸犹豫着是否要接过来时，杜薇两三步跑过来，一把打掉了左军手里的烟，童岸还在错愕中，杜薇一脚踹在左军坐着的凳子上，左军一个不防，结结实实地摔在了地上。

"姓左的你安的是什么心，你给他递烟，你当我看不出你的脏心烂肺吗？"杜薇气得腮帮子鼓鼓的，不顾众人的目光，破口大骂。

左军拍拍屁股站起来，阴着脸走到杜薇面前，用手指戳着她的额头，狠巴巴地说："别以为仗着你爸那两个臭钱就能耐了，你家还指望着我效力呢，想在老子面前充什么千金大小姐，你不值那个价钱！"

杜薇哪里受过这样的奚落，气得动手要扇他，左军一把架住她的手腕，狠狠一甩，杜薇一声惊叫，顺着惯性栽倒在地上，痛得站不起来。

童岸对杜薇没什么感情，甚至有时候还反感她黏人，可他这辈子最见不得男人动手打女人，况且左军还想上前一步拉起杜薇继续动粗，童岸不声不响地抄起那把破凳子，朝左军抡了过去。

左军没有防备，他一直以为沉默少言的童岸不过是一只吃软饭的弱鸡，没想到这小子下手又黑又快，他没躲开，挨了一下子，往后踉跄着退了几步。童岸站在背光处，左军看不清他脸上的表情，他的一双眼都隐在了眉下暗处，左军只能看到他的黑眸里闪着让人不寒而栗的光。

旁边正在忙碌的众人发现这里的不对劲，赶紧围了上来，有人把杜薇扶起来。左军啐了一口嘴里渗出来的血丝，恨恨地骂了一句，拍拍屁股上的土，伸出食指冲着童岸一指："你小子给我等着，有你死的那一天！"说完，拨拉开众人，开着车一溜烟驶出大门。

杜薇呜呜地哭，头发有些凌乱，童岸打发众人回去，给杜薇找了一瓶水，让她喝下去。杜薇抬起红肿的双眼，眼睛里满是感激和依恋。

回去的时候已经是深夜，颠簸的山路，摇得杜薇昏昏欲睡，童岸裹紧了身上的大衣，窗外寂静的山林里，偶尔传来夜枭瘆人的叫声，黑绒缎一般的天幕，散落着几点星子。虽然是出生入死的旅途，但不知为什么，他只要一想到颜艺，心底就有无限的宁静和温暖。

童岸和左军的一场争斗仿佛热锅上的一颗水珠，在宏达车厂并没有掀起多大的波澜，童岸还是按着以往的节奏上班下班，不过他听杜薇说，杜老板知道这事后发了好大一顿脾气，他这人什么都能宽容，就是受不了有人敢对他的宝贝女儿动手。杜薇学她父亲当时火冒三丈的样子，竖眉瞪眼："左军敢这么张狂，就是看我杜学富手底下没人可用！他想造反，还轮不到他！"

说完，杜薇嘻嘻笑着，她脸上磕出一块青紫的瘀伤，故意凑到童岸面前，装出一副可怜兮兮的样子："童哥，给我吹吹，你吹一下我这里就不疼了，比云南白药还管用。"

童岸垂下眼睛看着她，蜜糖般的肌肤，仗着年轻底子好，吹弹可破，一双眼睛虽然不像黑水晶，却也是波光盈盈，童岸想，如果不是以这样的身份相遇，杜薇也许依旧过着土豪女儿的生活，每天没心没肺地追逐着漂亮的男生，抑或被帅气的男孩追逐着，她不知道他经历过什么，也不用为即将到来的命运担忧。杜薇有什么错呢，她父亲将她保护得那么好，她单纯天真得像是封在茧壳里的蚕宝宝。

他抬起手指摸摸她脸上的伤，手势轻柔，像是对待一个未谙世事的小妹妹。杜薇叹口气，将脸贴在他的掌心里："你别怕左军，有我爸给你撑腰呢，他翻不出花样来。那天也是他先不安好心，他递给你的烟是做过手脚的……"

说到这里杜薇仿佛发觉自己泄露了什么不该说的秘密，很快岔开了话题。她靠在童岸身上，手指缠着他连帽衫上的系绳，欲言又止，可还是憋不住话："我爸说，尽快让你熟悉山里那块业务，现在左军是控制不住了，你抓紧时间，能分担多少就分担起来，以后你还是我家的顶梁柱呢。"

童岸苦笑，前天他上夜班，夜里没有回家，等他早上回去的时候，打开房门的那一刻，童岸被眼前的狼藉吓了一跳，地上满是碎玻璃碴子，被子枕头被刀划成条状，放在床头的母亲遗像，也被人摔在地上，裂了一个大口子。童岸又气又心疼，赶紧捡起来擦擦抱在怀里，他查看了一下，银行卡和零钱都没失窃，说明闯进来的人目的不是钱财，那只能是冲着他来的，想给他点颜色看看，这个人不会是别人，只有左军。

他忍下一口恶气，装作好奇的样子询问："左军给我的只有下面收货的那些人的联系方式，问题是谁给我们供货呢，货卖光了，我找谁进货去呢？"

杜薇眼睛里闪着促狭的光："要不说你的心眼实诚呢，供货的这个人你猜也猜不到，就是沈先生。他负责联系供货商，我们只是整个销售链上的第二环，这样虽然赚的钱要和我二爸分成，但风险最小。"

童岸恍然大悟，原来一脸笑弥勒样的沈先生，是宏达走私集团的供货商，杜学富只是负责销售和发展顾客，只要盯住了沈先生，追查到他的犯罪踪迹，这条线就算是完整了。他心中有了几分打算，老冯的案子，这下可以完美收官了。

（17）

时间已经是午夜，津洲的秋风已经有了入骨的寒意，老冯接到陈慕阳传回来的消息，用队里的行动手机给童岸打了电话，童岸简短地说了一下发生的情况，他觉得，517专案需要的证据已经收集得差不多了，如果条件允许，可以实施抓捕。

老冯的两条浓眉拧了起来，看着眼前聚成小山似的烟蒂，一时间不知该说什么。昨天早上处长召集他们开会，老冯他们几个队长心里都很清楚，手里的这个517专案，远远没有想象中那么简单。

他们前些日子接到邻市公安局缉毒大队的报告，近期破获了一起跨省市贩毒大案，根据他们掌握的线索和情报，这个贩毒集团和津洲市的某个贩毒团伙有着密切的联系，津洲市是他们的供货商所在地，他们隐藏得十分巧妙，如果不是因为一次偶然的清查行动露出马脚，可能还要毒害很长时间。

这次的警方行动堪称惨烈，起初民警只是常规巡查辖区内的快捷酒店，敲开房门后发现四五个成年男性在一起打游戏，并未发现什么异常，民警要求他们出示身份证件，对方说要去屋里取，民警跟在他身后进屋，其中一个民警鼻子尖，一下子就闻出来对方身上有一种不同于正常人的“怪味”。

恰好这个民警曾经在强制戒毒所工作过，对于这种味道再熟悉不过，他不动声色地查了这几个人的身份证，示意另一个警察赶紧离开。在他们等电梯的时候，这个警察用对讲机悄悄呼叫警力支援，没想到被疑心极重的吸毒人员偷偷开门听到。

两个民警，一个重伤，手筋被砍断了，送到医院抢救无效死亡；另一个腹部重伤，肠子都流了出来，手术四个小时才保住命。几个吸毒人员被带到局里审问，重压之下，他们吐出了津洲市隐匿着大型贩毒团伙一事。

处长要求三个中队全力配合，深入调查这个贩毒团伙，尤其是在已经安插进情报人员的情况下，这简直就是天赐良机。另外两个中队长摩拳擦掌，只有老冯一脸凝重。

作为一个工作近二十年的老公安，他比任何人都知道这个案件的凶险，尤其是童岸的安危，更让他纠结。

童岸不是特警，他没有接受过真正的训练，如果被对方嗅到任何异常，他的处境将十分危险，而且，如果童岸再有个三长两短，童家这一门，就真的绝了。于理于情，童岸都不应该再参与到这个案件的侦破工作中。况且，他半个月前通过陈慕阳带回来消息说，左军带人砸了他的家，虽然没有什么财务损失，可左军已然敢明目张胆地对童岸下手，他的身份，还能瞒到几时？左军是条毒蛇，杜老板是豺狼，童岸面对这样凶险的境地，还有没有继续深入的必要？

可是，老冯真舍不得这么好的破案机会，他们苦心熬了这么久，眼看胜利在望，他不愿意功亏一篑，况且，这不是他一个人，一个中队的案件，这是关系到整个津洲和相邻四五个省市的禁毒大案，孰轻孰重，他比谁都清楚。

陈慕阳不能理解老冯的犹疑，他不想看到童岸，至于童岸的危险，陈慕阳也不太关心，他犹记得当年在颜艺那个像素很差的手机上第一次看到童岸的照片时，那种妒火中烧的感觉。那时的童岸是剑桥大学汽车工程专业的高才生，而他还是一个沉溺在网络游戏里的少年。颜艺羞涩而甜蜜地跟他说起自己的男朋友，陈慕阳只能沉默，因为他知道，那个人很优秀，他没有资格生气。

也是从那个时候起，陈慕阳真正开始改变自己，不再打游戏，专注于学业，锻炼身体，不为别的，他只希望能有一天，能势均力敌地跟对方一较高下。

几年后与童岸机缘巧合下的重逢，陈慕阳已经成长为一名人民警察，而童岸沦落成车厂修车工，可他在污渍丛生的环境里，竟然丝毫不见颓唐沉落，依旧有隐约的贵公子气质，陈慕阳尚未怎样，就觉得自己输了一截。

“想见你一面。”

童岸在暗夜里收到颜艺发来的消息，嘴角悄无声息地抿出一个弧度。

“很紧急，有关颜朗。”

她没有说“我哥哥”，听得出事态不妙，童岸没有耽误片刻，回复她：“明天晚上十点，我去你大厦下面的停车场等你。”

对方发过来一个“OK”的手势，手机又恢复到安静的状态。

童岸从山里回来，趁机整理好那份通讯名单，还有暗中拍下的照片，装在一个小小的U盘里。陈慕阳来送纯净水的时候，他给陈慕阳使个眼色，对方心领神会，童岸递给他烟的时候，陈慕阳接走了童岸手心里的U盘。

老冯那边还没有什么指示，杜老板也没让再他跟着进山，杜薇看童岸慢慢上了“正轨”，似乎是踏实下来跟她好好相处，心情愉悦，约了闺密去韩国度假，顺便把鼻子垫一垫。她临走时牛皮糖一般缠住童岸，非要他答应每天给她打电话，不能出去鬼混才行。童岸觉得她无聊至极，但又不能太冷，敷衍着糊弄过去。

这种日子什么时候才是个头呢，童岸苦笑，陈慕阳不说，他也不能提，很多疑惑堆积在心里，让他每一次接触到杜老板隐蔽的生意时，都有一种潜进深海的感觉，不知道危险在哪里，也不知道未来在哪里。

11月的寒风从大厦下面卷过，童岸把套头T恤的帽子罩在头上，明亮的车灯晃了他一下，童岸四下看看，没有别人经过，他迅速拉开车门钻了进去。

车厢里有淡淡的暖香，颜艺一双晶亮的黑眼睛，有些疲倦地看着他：“我现在不想说话，熬了二十多个小时没闭眼，你来替我开。”说完停下车拉上手刹，打开车门爬到了后座。

童岸无奈地摇摇头，坐到驾驶座上，重新发动引擎，刚想问颜艺去哪儿，后座突然传来一阵小小的鼾声。

在引擎的轰鸣中，白色的车子像是一只小小的孤舟，驶入夜晚宁静的灯河之中。

鼻端有熟悉的味道，带着男生特有的干净气息，像是和煦阳光下晒过的法兰绒衬衣贴近时的清新，颜艺睁开眼起身，迷顿之间才发现身上盖着童岸的外套。

睡了似乎没有多久，可抬眼一看，四周黑茫茫的，想是夜深，可又不像在城市里，四周没有灯火。颜艺发现车上只有她自己，暖风开着，她打开车门，凛冽的风吹过来，哗哗的潮水声，带着潮湿的气息，原来是到了海边。

岸边有一堆篝火，旁边坐着一个熟悉的身影。发觉身后有人，他回过头来："你醒了？"

颜艺点点头，抿了下嘴角，童岸站起来拍拍身上的土："你睡着的时候我买了夜宵，应该还热着，我给你拿去。"

不等颜艺说话，童岸已经麻利地从后备厢中拿出了裹得严严实实的便当盒，颜艺打开，是他以前常买给她的那家小笼包。童岸不告而别后，颜艺再也没有买过他家的东西。童岸劈开一次性筷子，蹭蹭上面的毛刺，确定不会扎到她的手了，才递给颜艺，又小心地撕开小袋装的香醋，倒在盒盖上，催促她快吃。

颜艺胃里空荡了一天，也不再客气，大口大口地吃着，篝火正旺，童岸捡来枯枝不断地续着，颜艺的身上暖和过来，收拾好吃完的餐具，她才缓缓开口。

"哪儿来的火堆？海边可以生火吗，会不会被人发现？"

童岸笑笑："弄了点儿树枝和汽油，这里我以前常来，夜里没人管。"

颜艺哦了一声，点点头，望着夜晚的海水，星星点点的波光，似乎有无数的心事。

夜晚海边风大，童岸脱下自己身上的大衣，给颜艺披上，衣服上有他淡淡的须后水混杂着烟草的味道，他声音很低，有成年后的沙哑和成熟："小心别感冒，你一感冒就是十天半个月，总也好不了。"

颜艺把大衣裹紧一些，仿佛下了很大决心，开口道："我找你是想说颜朗的事，他并不像我曾经想象的那么无辜。"

她转过脸来，童岸看到了她眼底的迷茫，还有想知道一切真相的坚决。

听完颜艺讲给他最近发现的异端后，童岸夹着烟的手指微微有些抖。颜艺说，现在最重大的疑点，就是当年的证人和颜朗到底有什么样的关系，颜朗是否贿赂证人做了伪证，这也是揭开当年案件真相的一条重要的线索。

童岸掐灭手上的香烟，思忖良久，才说道："我这几天有空，要不先去那个水电工家附近看看？不是说他消失了一段时间吗，很有可能是因为什么事，窝在家里不出来了。"

颜艺点点头："也好，我去找找他家地址，不太难，但是不能问物业经理，否则老费一知道，颜朗就容易起疑心，他俩穿一条裤子，想要通风报信太容易了。"

童岸同意她的想法，两人商定明天晚上八点，在大厦下碰面后，一起去水电工家附近探探消息。篝火只剩一点余烬，颜艺站起来轻轻说了声"再见"，要过车钥匙，准备告别。

童岸看着她的身影安静地走进深不可测的夜，莫名地有些担忧，不知哪里来的冲动，他快步追上去，从背后抱住了颜艺的肩膀，这时才发现，颜艺抖得像是暴风雨即将来临前的树苗。

她把双手捂在嘴上，眼泪没有声响地流淌下来。童岸的下颌轻轻摩擦颜艺的头发："小艺，我能体会你的心情，当我发现最亲近的人有最见不得光的秘密时，我也会害怕，可是如果能回到当初，我希望当时的我，能伸手拉住他，不让他陷得更深。"

颜艺转过身来，轻轻地拥住他，夜色中，童岸察觉唇上有一点凉糯，反应过来是颜艺软软的嘴唇。海潮涌动，一下一下地拍打着岸边，童岸紧紧地抱着颜艺，她脸上凉凉的，全是泪水。

大学时童岸在英国边读书边打工，同时在汽车公司里兼职，虽然辛苦，但是薪水可观，童岸背着父亲改了专业，由商科改成汽车设计，这是他无法放弃的梦想。他因此对父亲心怀歉疚，不愿再花父亲的钱谈恋爱，只能选择尽量自食其力。

颜艺的大学生活开始得比想象中顺利，她和骆雯两个人一见如故，成了无话不说的好友。那年的圣诞节，童岸终于有了借口光明正大地飞回来看望颜艺，平时无论多想她，颜艺总提醒他一个人在外，能节约一点是一点，毕竟机票钱不便宜。童岸回国之后没有马上返家，拖着行李去颜艺的宿舍楼下等她下课，正好碰见骑着山地车早颜艺回来一步的骆雯。

说起来童岸和骆雯也算是同校同年级的校友，不过和颜艺一样，一个年级的人太多了，童岸对骆雯没有印象，只觉得有些面熟。骆雯倒是熟门熟路地上去打了个招呼，大大方方地介绍了一下自己。童岸也很惊喜，他在电话里听颜艺说起过这个女生，知道她是颜艺不多的朋友之一，于是赶紧从行李里掏出从英国带回的零食，塞给骆雯，嘱托她以后多照顾颜艺。

童岸打开行李的时候，骆雯偷瞄了一眼，巧克力、泰迪熊、护肤品，还有一双和他脚上的鞋子情侣款的马丁靴，满满当当装的全是女生喜欢的各式玩意，不消多猜，肯定是悉心搜罗，不远万里也要带回来送给颜艺的。

童岸直到天快黑也没等到颜艺，但她打了个电话回来，说辛奶奶心脏不舒服，刚送她去了医院，自己一会儿还要回家陪弟弟妹妹。她知道童岸坐了十几个小时的飞机回来，第一时间想见到自己的心情，可今天真的是无能为力。童岸体谅她的难处，只好先回家。

童岸给父亲打了个电话，父亲还在公司，派了司机来接他。在津大门口，童家的宾利很是扎眼，再加上童岸生得一张俊脸和挺拔的身材，引得无数女生瞩目。童岸可没心情搭理这个，他担心的是颜艺那家伙，不知她晚上和几个弟妹吃什么，想到这里，他干脆让司机绕了一下路，去附近的饭店定好几个菜，直接送去颜艺家。

颜艺听到敲门声以为是辛奶奶回来了，她不作他想，打开大门，一看竟然是朝思暮想的童岸。颜艺一时间愣在原地，童岸近乡情怯，也不知该说什么，一颗心跳得极乱，颜艺脸上有碎发耷下来，童岸很想伸手替她拂开，却发现小满、美美几个人怯生生地躲在门后打量着他。

童岸知道现在即使有一腔的热情，也不是表达的时候，他只好让司机把食盒抬进屋，尴尬地说一句："怕你没时间弄晚饭，我就自作主张了。"

颜艺低着头，耳朵红得像是胡萝卜，看得童岸心痒痒。在这里多待一秒都是考验，童岸稳稳心神，冲后面的小家伙们挥挥手，最终还是没有忍住冲动，轻轻地摸摸颜艺的头："我先回去了，你锁好大门，别到处乱跑，年底了注意安全。"

他回到家的第一件事就是飞身扑到自己那张熟悉的大床上。母亲难得在家，指挥黄奶奶炖这个炒那个，要给童岸好好补补，童岸闻着厨房飘出来的香味，真好，最爱的那个人安好，自己的家庭安好，他觉得，自己应该是这个世界上最幸福的人了。

终会有一天，他也能让颜艺，成为世界上另一个最幸福的人，他所有努力和付出的动力，就是颜艺浅浅的笑容。

再见到颜艺已经是两天后，辛奶奶的病情一直没有起色，颜艺也没有心情和时间出来约会，童岸干脆找了同样放假回国的薛司宇出来打球。两个人许久未见，又是同在异国他乡求学，互相之间少不了聊聊各自的见闻，一聊天时间就不够用，两人干脆去吃饭，边吃边说。

吃饭的地方是一家开张不久的火锅店，点了单之后等着上菜的工夫，薛司宇发现角落里有几个女孩不停地往这边张望，他有些得意，他一向对自己的外貌和身材有自信，招女孩子青睐也是意料之中的事。童岸慢慢呷着杯子里的柠檬水，给颜艺打电话问中午吃饭了没有，这几天降温了出门要多穿衣服，他絮絮叨叨的，也没察觉自己落在薛司宇眼里，简直不忍看。薛司宇嘲笑他："我瞧着你这个二十四孝男朋友当得还挺有滋有味的。"

没等童岸回答，那几个女孩子中的一员已经冲到他们桌前，满脸羞涩地递过自己的手机："那个……帅哥，可以给我留个电话吗？"

童岸吓了一跳，说话都不利索了："我……我……有女朋友了，真的，我不能乱来的！"

薛司宇既好气又好笑，只好帮着打圆场："我这哥们儿确实名草有主了，真对不住，要不留个我的电话？我还单着。"

女孩一听赶紧摆手："要是不方便的话就算了，再见吧。"又一溜烟跑回去，剩下薛司宇一个人不知道该哭还是该笑。

童岸笑得直不起腰，薛司宇无奈，敲敲桌子："喂，有点良心行吗，你跟颜艺天天在我眼前秀恩爱，就不兴我也动个心思？"

童岸坏笑着："你不是说自己挺受欢迎的吗？怎么，换了那么多美国妞，就没一个能让你心定下来的？"

薛司宇也一脸坏笑：“我觉得吧，我还是喜欢排骨妞。”

童岸一听，联想到他当年可是给颜艺写过情书的，顿时紧张起来。童岸一皱眉头，有了想法：“那天我碰见颜艺的舍友了，叫骆雯，都是一中出来的，长得不错，哪天有时间介绍你认识。”不知为什么，他觉得骆雯的气场，和薛司宇很搭，“你相信我，你这样的就得找一个能镇得住你的，省得你天天惦记着出去浪。”

“我才不要能镇得我的呢，”薛司宇一脸鄙夷，“我妈那个体重，快二百斤了，那样的女的才能镇得住我，再来一个，我可受不了，还是算了，再说就你那个审美，我可信不过。”

晚上是平安夜，也是周末，下午开始街上多了出来吃饭聚会的人潮，童母给他打电话，说晚上肖潇会过来吃饭，让他早点回家。童岸有些惆怅，他想和颜艺一起度过这个节日，可肖潇跟着来凑什么热闹，但是父亲也会回家吃饭，难得一家人能团聚，他想了想，还是回去吧。

陈宝珠也在，童岸愣住了，他是最清楚陈家和颜艺兄妹之间纠葛的，再看陈宝珠，他目光里不禁有了轻蔑。肖潇是个傻货，她家发生了什么事她一概不关心，对于她来说，吃喝玩乐远远重于家里的那些破事儿，反正她妈有的是钱，天塌下来，也有陈宝珠顶着，她懒得操那份儿闲心。

以前童岸看不起她，觉得她就是一只长着华丽皮囊的寄生虫，现在年岁渐长，也经历了一些事情，肖潇的做法在他看来也具有一定的合理性，她现在这个样子是她妈一手打造的，她心甘情愿成为她妈妈掌心中容易被操控的洋娃娃，对她来说，这也是一种人生，一种不用太努力就可以过得很好的人生。

肖潇见到童岸很是高兴，她没有几个朋友，有的也是只能在一起玩乐的纨绔子弟们。童岸是唯一能和她交心的好友，这是她的荣幸，也是她的悲哀。

俩人是真正的青梅竹马，当年陈宝珠和童志国创建华荣的时候，童岸和肖潇才不到三岁，两个人在狭小简陋的办公室桌子下面追逐打闹，一不小心肖潇的头上撞出一个包，哇哇大哭，童岸领着她去外面的小卖部买冰棍哄她，两个人坐在台阶上等着大人看完工地施工情况，等得一个倒在另一个身上睡着了，冰棍化了一身都不知道。

席间陈宝珠笑嘻嘻地提起这段往事，童志国笑得眯起眼睛，童岸看着父亲眼角的鱼尾纹，明显比去年多出不少。童母跟着附和，说当年创业的时候，俩孩子还没桌子高，现在集团也壮大了，孩子们也大了，以后集团还是要靠他们这一代啊。

陈宝珠尚未说什么，童志国的脸一下子冷了下来，斜睨了一眼妻子，童岸知道父亲不喜欢母亲在外人面前谈论有关集团的事，尤其是在陈宝珠面前，这犯了童志国的大忌讳。母亲不知所措的样子让童岸很是心疼，他替母亲夹了一块牛柳：“妈，这个还不错，牛肉挺烂的。”轻松地把话题岔开。

陈宝珠笑了，童志国的那点心思还不够看的吗，她装作不在意的样子轻轻呷了口红酒，笑着说：“孩子们确实大了，我们也老了，以后都是他们的天下，我们也就满世界转转，看看风景花花钱，乐不得让他们接班呢。”

气氛瞬间愉悦了很多，肖潇兴奋地问童岸在英国的见闻，不过大部分都是关于化妆品代购的，童岸烦不胜烦，但又不得不应付她。陈宝珠和童志国相谈甚欢，无非是关于华荣近期几个大项目的事，童岸也没有理会，他一面应付肖潇，一面还要照顾被冷落的母亲，无暇顾及那些生意上的事。

直到听到陈宝珠说了句让童岸到华荣实习，了解了解业务，童岸才一惊，以为自己听错了，但陈宝珠接下来的话准确无误地飘进他的耳朵："老童，你打下的半壁江山，以后还是要童岸继承的，早点儿熟悉熟悉，没有什么不好的。"

这是他始料未及的，童岸知道，这一天迟早要来，只是没有想到这么突然，童岸放下筷子，犹豫了一下，还是艰难地对父亲开口："爸，华荣的事情我做不来，我想做一名汽车设计师。"

"你胡说八道什么？"童志国满脸惊讶，笑容却开始褪去，"你是我儿子，怎么能说华荣的事情做不来？况且，你在英国学的就是企业管理，难道就白学了？"

"对啊，小岸，工作上的事情不熟悉不要紧，慢慢来，怎么能随便说做不来？"童母也劝他。

童岸开口有些艰难："对不起，爸，妈。"

"趁我还有这个精力，你要学什么我都可以从头教起，说什么对不起，你这是想逃避责任！"童志国不快地说。

"可是我对经商真的没兴趣，我……我自己申请改了专业，我学的是汽车设计。"

餐桌前的空气仿佛顿时凝固了，童志国瞪大眼睛看着自己的儿子，他没想到童岸竟然有这种蔫大胆的主意，其他人面面相觑，陈宝珠也噤口不语。

"你好大的胆子！"童志国脸上阴云密布。

"爸，我真的不是经商的材料！"

童岸话音没落，童志国站起身一个打耳光招呼过来，打得童岸趔趄一下，耳中轰鸣作响，童志国盛怒之下出手不轻，耳光第一次落下，童岸从耳际到脸颊顿时一片鲜红的痕迹，可童志国尤不解气，再一次高扬起手。

童岸心里一惊，来不及做出反应，原本坐在童岸对面的母亲不由分说地扑身过来，童志国发现不对，收手不及，这一巴掌狠狠地抽在护子心切的童母身上。

“你们想干什么？李爱梅，你给我走开！”童志国想拽开妻子，无奈她也不呼痛，铁了心一般护在童岸身前：“如果打了你觉得解气，那就多打我几下，你别动我的儿子！”

童志国气得向后跌坐在椅子里，一拳头砸在饭桌上，震得眼前的花胶汤洒了不少，汤水滴滴答答地从桌子上淌下来，吓得黄奶奶和另外一个保姆不敢上前收拾。

童志国紧抓着左胸口，一副难受的样子：“我的药，快……”

李爱梅顾不得陈宝珠母女在场，赶紧解开他胸前的纽扣，好让童志国能畅快呼吸，童岸飞奔上楼，找到父亲常吃的药，黄奶奶早就端了水过来，童岸喂父亲吃了药，童志国脸色减缓，一抬眼发现儿子站在眼前，厌烦地挥了挥手：“还不赶紧滚！”

打定主意隔岸观火的陈宝珠看着这对父子的好戏，肖潇想替童岸打圆场，陈宝珠在桌子底下踢了她一脚，意思是少管闲事，她的尖头高跟鞋踢得肖潇一皱眉，她明知道母亲的意思，不管不顾地大嚷：“干吗踹我，很疼知道吗？”

童岸觉得没劲透了，一张张虚伪到死的嘴脸，让他从心底泛恶心。他不发一言，默默地走到玄关，拿了自己的外套和手机，径直打开大门走了出去。

大街上依然是华灯高照，今晚是平安夜，街上人潮涌动，更衬得童岸形单影只。他在街上漫无目的地逛了两个小时，找了地方胡乱吃了些东西，无聊地要死，颜艺说今晚要给辛奶奶陪床，实在不能陪他，童岸叹口气，想跟她念叨念叨今晚发生的事，又一转念，她是不会高兴听到任何与陈宝珠有关的事情吧，于是打消了这个念头，他只说，他转专业的事情败露了，他爹把他扫地出门，今晚只好流落街头，下一步该怎么办，他也不知道。

颜艺在电话那头慌张起来，她有些担心童岸的处境，他越是装作不在意的样子，就越说明问题的严重性。童岸听见她急切的关心，心底暖暖的，起码这世界上他最爱的那个女孩，也一样爱着他。颜艺在电话那头让他十点以后到人民医院大门口等她，她把辛奶奶安顿好了，下来见他一面。

十点以后的大街上，一对对的情侣晃来晃去，颜艺迟到了十五分钟，一张脸跑得红彤彤的，见了面第一句话就先问童岸吃饭了没有，童岸给她暖手，说吃过了，就是没地方过夜。

她伸手摸摸童岸脸上的红色痕迹，他扭过头，苦笑说："我爸知道我改专业的事了，这一巴掌就是他赏的。"

颜艺叹口气，当务之急是给他找个睡觉的地方，他们一家家地问小旅馆还有没有房间，但今天是圣诞夜，廉价旅馆早就被预订完了。颜艺站在门口，等着童岸问完出来，她没有勇气和童岸一起进去问，万一被认识的人撞见了，她该怎么解释。

颜艺好奇地打量走进旅馆的一对对年轻的情侣，童岸慢腾腾地出来，摊手表示这里也没房了。

童岸好说歹说才劝动颜艺陪她去最后一家，这种日子，只有去最昂贵的地方碰碰运气了。时间已然接近凌晨，童岸和颜艺打车直奔市内最豪华的五星级酒店，果不其然，行政套房还有空的，最后一套。童岸松口气，今晚起码不用露宿街头了。

他办好入住，刷了信用卡，心情一好，就想逗逗颜艺，他似笑非笑地看着她，一双眼睛在夜晚的灯火下波光流转，颜艺第一次觉得一个男孩子的眼睛竟然这么迷人，真的，她要醉倒了。

颜艺绯红着脸，童岸双手插在口袋里，心情很好地逗弄着她：“怎么样，留下来和我一起度过平安夜吧？”

（18）

颜艺羞涩得不敢抬头，她不是愚昧到自闭的少女，她知道两个人相爱，真心地相爱，是可以发生些什么的，虽然具体是什么她不懂，可她心底也有好奇，童岸给她的吻甜而暖，他的怀抱也令她沉醉，可是真到关键那一步，颜艺踟蹰了。

童岸知道她的犹豫，笑着揽过她的肩膀：“跟你闹着玩儿呢，还真当真了，你愿意我还不愿意呢，现在处男可稀罕了，我还准备再守身如玉几年，等你想要了，高价开给你。”

颜艺松口气，心情也放松了不少，两个人觉得肚子饿，想出去找点吃的，刚走到大堂门口，童岸眼尖，一把把颜艺拽到了大厅的欧式雕花柱子后面躲起来。

他的脸色凝重严肃得可怕，颜艺不知道发生了什么，小心翼翼地探出头张望，看到那两个人亲密依偎的身影时，全身的血液几乎要凝固。

那个身材略矮有些发福的中年男人，是童志国，刚刚在全家团聚的餐桌上当着外人给了童岸一个耳光的亲生父亲，旁边紧紧贴着他的温婉苗条的身影，颜艺熟悉得不能再熟悉，是她在狱中哥哥的女朋友，徐婉静。

两个人就静静地看着他们拿了房卡，然后甜蜜地挽手上楼。

童岸的内心五味杂陈，吃饭时母亲因为一句话惹得父亲动怒，他遵从自己内心的选择招来父亲的耳光，还有这几年真真假假的流言，他曾经怨恨过母亲在家庭中的疏离，现在他恍然大悟，母亲是在逃避，逃避这对她尊严的侮辱。

身边的颜艺紧紧地闭着嘴唇，她的脸色苍白，瞳仁微微晃动着，这副神色童岸并不陌生，当年她和徐婉静出现在他家院子里时，她也是这样一副不敢置信却又不得不信的模样。她在想什么？想她尚在狱中的哥哥，还是含辛茹苦地操劳了一生的辛奶奶？

外面的空气不像里面那样窒息，快接近零点了，有人在欢呼倒计时，“十、九、八、七……”空中的烟火像是一颗颗流弹，炸得天空焚焚欲裂。

别人抬头看的是天上的热闹，在他们眼里，满目都是虚伪和疮痍。

硫黄的味道弥漫鼻腔，熏得他们几乎要落泪，童岸觉得必须说些什么，打破沉默：“我送你回去吧。”

颜艺没有拒绝，童岸没有回酒店，他觉得没来由地反胃，也许是饿了太久，也许是自己父亲的行径太令人难堪，他不想回去和他们呼吸同一个空间的空气，这会憋疯了他。他也不想回家，母亲平淡的面容下隐藏了多少波涛汹涌，他也不愿去猜测。

病房外面有长椅，今晚人不算多，他蜷缩在长椅上在医院里待了整整一夜。

夜晚的医院颇不宁静。半夜有去世病人家属的号哭，有需要抢救的危急病人的担架车从走廊呼啸而过的嘈杂，直到第一线曙光投射进来，童岸才昏昏睡去。

醒来的时候打扫卫生的大妈从他身边经过，嘴里还在嘟囔，嫌他碍事，童岸起身，颜艺一脸睡不醒的样子从病房出来，两个人相视一眼，谁也不能相信，昨晚的一幕，并不是梦境。

圣诞节之后童岸就回英国了，临别之际，两个人默契地选择把这件事缄口不提，机场告别的时候，颜艺伸开手臂紧紧地抱住了童岸，一言不发地闷在他的怀里。

童岸也觉得放她一个人在国内，似乎不是个办法，可是暂时又没有好办法，只能摩挲着她的肩背，低声告诉她，等我回来，等我回来。

这个春节最热闹的时节已经过去，辛奶奶和颜艺支撑着给孩子们包了饺子，发了压岁钱。颜艺不肯要，说是自己已经挣钱了，就是大人了。

徐婉静姗姗来迟，大包小包地进了小院，招呼大家赶紧来帮着搬东西。颜艺冷眼看着弟弟妹妹们雀跃的样子，辛奶奶问她哪儿来的这么多东西，得不少钱买吧？徐婉静支支吾吾地说，年底业绩好，奖金发了不少。她塞给颜艺一件漂亮的羊绒大衣，颜艺推托不要，徐婉静脸上有些过不去，笑容僵得厉害。辛奶奶也觉出了端倪，问她不是过年没买新衣服吗，现在静姐买了，怎么不要呢？

许多话如鲠在喉，颜艺的嘴唇哆嗦着，她有太多的话想质问她，关于童岸父亲的，关于那个圣诞夜的，还有关于颜朗的。

所有的人都在欢欣，一点点的幸福，对于他们来说都是奢侈品，何苦去戳破这个虚假的气球呢，这样做，又有什么意义？颜艺抬起脸，挤出一个笑容，她听见自己说："谢谢婉静姐，我很喜欢。"

她背过身，眼泪还是不争气地滑下来，融入质地良好的羊绒面料时，安静无声。此刻，颜艺无比地想念狱中的颜朗，她替哥哥惋惜，多不值得，为了一个这样的女人。

开学后的日子平淡无奇，除了参加过一个全球大学生计算机比赛，颜艺得了个人一等奖，外加团体一等奖之外，乏善可陈。

颜艺的额头上添了一道伤痕，是在她带的那个家教男孩家误伤的，男孩在网吧贪恋打游戏，错过了她的家教时间，回家的时候已经是两个小时后，颜艺还在写字台前等他。男孩一脸不以为然的样子，气得他妈妈抓起一本厚重的词典朝他扔过去，不想词典的棱角擦到了颜艺的额头，破皮流血。颜艺捂着额头，那个男孩也吓坏了，愣在原地张着嘴不知该说些什么。

三个人都怔住了，陈母后悔也来不及了，只好赶紧去找止血的药物和纱布。颜艺在手指的缝隙中，看到那个叫陈慕阳的男孩一脸慌张，她叹口气，说：“不用担心，我好朋友是学医的，伤口不深，她能给我处理。”

陈慕阳抿了下嘴唇，他懦懦地点下头，颜艺见他脸上有愧色，说了句：“以后都改了吧，都是为你好。”

陈慕阳难得认真严肃地点头，轻声应答：“嗯，记住了。”

那天的英语课上得极为顺利，陈慕阳天分不低，只是平时疏于学业，只要肯学，一切不是难事。

颜艺额头的伤骆雯仔细地察看过后，她长吁一声，原本的担心和怒气消了大半，不过她还是板起脸来训颜艺：“人家做家教都是去赚钱，你这差点把命搭上，值得吗？”

颜艺苦笑，碘伏的味道有些呛鼻：“我缺钱，能怎么办呢？难不成向童岸伸手要？他爸爸已经削减他的开支了，信用卡副卡也停掉了，我都不敢让他没事就往回飞了，他自顾不暇，我还打算等奖金下来支援他呢。”

“童岸临走之前可是交代过我啊，你的大事小情一律不准瞒他，”骆雯的手停在半空，若有所思，“你知道吗，津大的计算机系要和英国还有美国的大学联合培养研究生，有全奖和半奖，你们学院门口都贴出告示了。你成绩那么好，又有世界性大赛的名次，要不去争取一下？起码你们可以不用这么苦哈哈地进行异国恋了。”

颜艺叹口气：“再说吧，我的事你都知道，辛奶奶那边我不能就这样一走了之，小满和美美他们也要上学，也要看病，辛奶奶年纪大了，我不能坐视不管，大三我就要找地方实习了，不赚钱怎么回报他们？”

一提起颜艺的家境，骆雯只能选择沉默，都是同龄的女孩，宿舍里其他的女孩子无一不是享受着青春的快乐和美好，而颜艺却像一只背负着沉重外壳的蜗牛，一点点地想尽办法横渡她眼前无边无际的大海。

骆雯的声音低了下去：“我不是离间你们的感情，说起来你和他们毕竟不是真正意义上的亲人，你不能把自己的未来搭进去，你要学会为自己打算打算，起码多考虑一下童岸，要知道现在的男孩子现实得很，别说你这样的出身了，稍微平常一点家境的女孩，还要被他们从头到脚挑个够。童岸人不错，对你又好，你别辜负他。”

颜艺捏捏她的手，她知道骆雯这些掏心掏肺的话，若不是替她着想，是不会说出口的，骆雯怕勾起她的伤心事，笑着说：“今晚去我家吃饭，我妈说了，必须让颜艺来一趟，新炖的乌鸡汤，对女孩子好，咱俩一起喝光。”

那段日子应该是颜艺青春年少时最快乐的时光，学业顺遂，在计算机领域里崭露头角，在上一个大奖拿了没多长时间之后，她又在国际上斩获两个分量极重的奖项。一时间，学校的网站和告示牌上，铺天盖地都是颜艺获奖的消息。

还有更让她激动的事情等着她，颜朗因为有立功表现，获得了减刑，提前出狱，这让天天数着日子的辛奶奶和颜艺激动万分。童岸那边一切回归正常，童志国到底还是疼爱这唯一的儿子，再加上陈宝珠也一直劝他——孩子大了有自己的主意是正常的，等过几年，他自己想通了，回来接班也是一样的，再说了，你的岁数离交接班还早得很，没必要这么早就操心童岸接班的事。童志国一想，不是没有道理，他也不愿让儿子在外吃苦受罪，换专业的事不再追究，信用卡也解禁了，甚至在童岸复活节假期回国的时候，童志国大笔一挥，给童岸添置了一辆法拉利。

童岸兴冲冲地开着车来学校接颜艺，他把车停在她教学楼下，过来过往的女生伸着脖子打探坐在车里的童岸，看得他浑身不自在，骆雯去正好路过，一眼认出坐在车里的人是颜艺的男朋友，碍于旁边有其他同学，她不好意思上前打招呼。骆雯进了楼，三步并作两步进了机房，找到正在做设计的颜艺，伏在她耳边说了几句，又指指窗外。

颜艺将信将疑地往窗户外面张望，童岸还在车里傻等，她赶紧给他发短信："校门外等我。"

童岸不明就里，但颜艺的指示他无条件服从。他把车开出校园，停在门口，这才看见颜艺骑着自行车气喘吁吁地赶出来。

童岸更糊涂："我直接开车带你出来不就得了，干吗这么费事？"

颜艺没好气地白他一眼："你想让我落一个被土豪包养的名

声是吗？”

童岸这才醒悟，他嘿嘿干笑两声：“土豪是我爸，我顶多算一只土拨鼠。”他伸出手指在头顶比画，装作两只小耳朵，“你不知道，英国土拨鼠可多了，傻乎乎的，超萌。”

颜艺嗯了一声，“你不像土拨鼠，你像地主家的傻儿子。”

童岸不以为意：“傻儿子就傻儿子吧，你赶紧把车存上，我带你吃饭去。”

颜艺四处找不着地方：“校门口不让乱放自行车，容易丢。”

他推着颜艺破旧的女士自行车四处溜达一圈，果然放哪儿都不合适，童岸没办法，只好掀开自己车子的后备厢，叹口气：“我说我当时怎么神使鬼差地挑了一款有后备厢的跑车呢，原来在这儿等着我呢，给我搭把手，想办法把你的车子塞进去。”

两个人抬着车，各种找角度找位置，终于把颜艺的破自行车半塞进了崭新的法拉利后备厢里，盖子盖不上，自行车的后半截露在外面，童岸倒是很满意，搓搓手上的泥：“想办法躲开交警，应该没问题。”

就这样，童岸开着跑车把颜艺和她的自行车拉到了离胡同还有两条街的地方，颜艺不想太招摇，童岸身份特殊，她觉得现在还不是跟家人坦白的时候。

下车前，童岸眼睛亮亮地看着颜艺，颜艺知道他脑回路又开始琢磨什么不正经的想法，笑着推了他一把，童岸不死心，继续把嘴凑上来，颜艺不接他的茬儿，转到他的侧脸上，轻轻一吻：“今天的份额完成了……”

还没等说完，童岸一把揽过颜艺，深深地吻了下去，男生清新干净的荷尔蒙气息弥漫在口腔，颜艺有些头昏，明明生物课上讲过的，荷尔蒙对机体的代谢、生长、发育、繁殖有很重要的调节作用，为什么她感觉到的却总是血糖降低般的晕眩?

还有他那双不老实的手，本来是揽着她的肩膀的，现在颜艺觉得那双手在游走，从她的上衣下摆往上摸索，她的外套上有腰带，童岸的手嫌它碍事，想解开却不得其法，干脆从上围最丰满的地方开始侵袭。颜艺有微微的迷醉感，她也知道两个人已经不是无知单纯的少年和少女，可她还是本能地推开了童岸。

他的脸色潮红，呼吸滞重，眼睛里有意乱情迷时的闪亮。颜艺整理好衣服和头发，偏过脸去不看他，童岸怕她生气，也不敢说什么，只是伸手替她捋捋耳边的碎发，颜艺扑哧笑出来，眼睛却不看他："笨蛋……"

狭小的车厢里，有蜂蜜与花朵的清香，也许是颜艺用的洗衣液的残留，也许是童岸身上沐浴露的香气。童岸用额头抵住颜艺的肩膀，语气中满是甜蜜和温柔："笨就笨吧，我老婆聪明绝顶，我甘愿当笨蛋……"

颜艺回到家的时候，脸上的热度还没有褪去，颜朗比她早回来一会儿，正在厨房里忙活做饭。哥哥这个时候在家，意味着今天出去找工作的事，又失败了。

因为三年前的入狱，津大没有授予颜朗学位和学历，现在颜朗刑满释放，找工作十分困难，街道上出面帮他在一所中学的食堂找到一个清洁工的工作，颜朗嘴上没说什么，但是颜艺知道，当年堂堂津大的高才生，现在沦为清洁工，哥哥内心的痛苦不是她能够想象的。辛奶奶觉得，也不急在这一时，等到颜朗调整好了，再出去工作也不迟。

颜艺把车子放好去洗手，小满拉拉她的衣角，颜艺知道他有话想说，装着找毛巾的样子和小满去了屋里。

小满嘟着嘴，满脸的不乐意："小艺姐你可回来了，你能替我跟颜朗哥哥说说吗，夜里睡觉还是关上灯吧，晃得我眼疼。"

颜艺心底泛起一阵心酸，颜朗在狱中的这几年，想必是已经习惯了开灯睡觉的夜晚，出来后关灯睡觉对他来说反而是一种折磨。颜艺从口袋里掏出二十元钱："乖，留着买点零食，我想办法跟哥哥说。你要是受不了，先跟美美她们凑合住在一起。"

小满一脸的扭捏："姐，我都十二了，大小伙子了，哪能跟美美她们一起住呢，"他看看手里的钱，咧嘴笑，"不过颜艺姐姐的面子还是要给的，我再忍几天，颜朗哥哥我就不计较了。"

颜艺拍拍他的肩膀："大家互相体谅一下也是应当的，谁叫咱们是一家人呢。"

小满的眼神里写满惆怅："小艺姐你还不知道吧，听说咱们这片平房区要拆迁了，居委会王大妈找辛奶奶谈过，说咱们这个小院的孩子，都要送到福利院去呢！"

颜艺心底一惊，嘴上却说："瞎说，都吵吵好几年了，哪那么巧就要拆咱们这几条胡同呢，别瞎想也别跟美美她们说，省得给辛奶奶添堵。"

小满点点头，若有所思："颜朗哥哥这几天白天老往外跑，也不知道干什么去了，回来什么也不说，夜里唉声叹气的，"他神神秘秘地凑过来，"夜里我听见他说梦话，喊的是婉静姐姐的名字。"

颜朗喊他们吃饭，颜艺赶紧让小满住嘴："小孩子别乱说话，大人的事别掺和。"

小满嘟囔一句：“我才不是小孩子呢，我今年夏天都要考初中了。”

颜艺叹口气，带着小满他们去吃饭，颜朗兴致不高，有些蔫蔫的，颜艺觑着他的脸色，也不敢多说。吃完饭颜艺在厨房洗碗，颜朗收拾灶台，低声问妹妹：“你有婉静的消息吗？”

颜艺不敢抬头，装作不知：“很久没有联系了，听说她在万象城的一家鞋店工作。”

颜朗叹气：“我去找过，店员说她只干了一个多月就辞职了，现在也不知道她在什么地方。”

颜艺强笑：“春节的时候她还回来过，你别担心她，她过得不错。”

颜朗半晌没说话，颜艺不知道他能不能明白她话里的意思，也不敢多说，怕刺激到颜朗本来就脆弱的神经。

第二天晚上八点，薛司宇组局出来唱K，点名要肖潇和童岸必到，这群人准时聚在了宝乐迪，肖潇来得最晚，颜艺系里有事要晚一点到，肖潇进来的时候，童岸正在电话里嘱咐颜艺别自己打车，问问骆雯有没有空，一起来，反正大家都是老同学，权当散散心。

肖潇拿眼斜睨童岸，一脸的鄙夷，童岸知道她那点小肚鸡肠，也不理会。有人起哄让肖潇唱，肖潇倒是不扭捏，大大方方地站起来点了一首陈绮贞《旅行的意义》。

童岸坐在一边玩儿手机，颜艺不在，他也觉得有些无趣，肖潇唱罢，回来歪坐在童岸身边，童岸往旁边挪挪给她让地儿，肖潇又贴上来，童岸再挪，肖潇再贴，童岸烦了，干脆抬屁股坐到包间小吧台边的转椅上，肖潇不死心，紧跟着坐过去。

“你有毛病吧，烦不烦，跟着我干吗？”童岸真不明白肖潇哪根神经搭错了。

“你还躲我，咱俩小时候一起洗过澡你都忘啦，现在你有了颜艺就冷落我。”肖潇也气呼呼的。

“管得着嘛，我爱跟谁就跟谁在一块儿。”童岸觉得这个女的真烦。

肖潇一愣神，不知想到了什么，轻轻笑了一下，包间的灯光打在她的脸上，有不成熟的娇媚。她沉思半天，才开口。

“你还是少和颜艺在一起，她不是咱们这个世界的。”

童岸反问她：“我们的世界又应该是什么样子的？”

“利益至上，不问感情。”

童岸笑着说：“我不期待这样的生活，因为我已经过够了。我只要两人能窝在家里，做做饭或者看看电影，就挺知足。”

肖潇沉默许久：“我不干涉你的选择，但是我也提醒你，别光顾着恋爱不问你爸生意上的事，陈宝珠会有大动作，联合其他董事准备搞点事情。”

童岸好奇地反问：“你就这么把你老妈卖了？”

肖潇莞尔：“在控制狂手底下讨生活的日子，我也过够了，”她眼睛亮亮地看着童岸，“也许你有一天接管华荣后，还能看在青梅竹马的分上拉我一把。”

薛司宇最终还是来了，在门口正碰见颜艺，还有骆雯，三个人简单地打个招呼后，一齐上楼。推开包厢房门的那一刻，发现里面热闹极了，他一抬眼，正看见肖潇几乎趴在童岸耳边私语，两个人有说有笑，亲昵得很。

薛司宇心里咯噔一下，心想大事不妙，就他对女生的了解，颜艺现在心中肯定是醋海翻波，不大闹一场算是没完。谁知颜艺平静地看了他们一眼，也没出声，拉着骆雯到角落里坐下。

骆雯悄悄问颜艺："那女的不是咱们那届的校花吗？怎么跟童岸搅到一起去了？"

颜艺心里不痛快，但又不能说什么："他们是一起长大的，比旁人走得近一点也正常。"她停顿一下，微笑，"咱们坐一会儿就走，明天还有课呢。"

再抬头，童岸一脸惴惴的样子站在她面前："来了怎么也不说声，自己跑这儿坐着？"

颜艺还是浅笑着，没说话，童岸心中有了三分明白，颜艺越是不说话，就说明问题越严重，但这也不算坏事，起码颜艺在乎他，才会计较肖潇的表现。

童岸伸手想拉她起来："别在这儿干坐着，跟我上这边来，给你看样东西。"

颜艺沉默地把手一缩，藏在身侧，低下了眼睛。童岸觉得有些没脸，周围那么多人看着，他也不高兴，本想耐下性子再哄哄，谁知半路杀出个肖潇，一把挽上童岸的胳膊，张扬着一张精致的小脸，冲颜艺示威般笑着。

"我说颜艺，我们童岸都已经低三下四地求你了，还不给面子啊？这么好的男朋友，就你这样的条件，过了这村可没这店了，你得学会珍惜。"最后一句，她特意加重了语气。

此话一出，童岸真觉得陈宝珠和肖潇这对母女，简直就是自己命中的克星。果不其然，颜艺苍白着脸颤颤地站起来，眼圈瞬间红了，似乎是想说些什么，她怔怔地看了童岸一眼，最终话到嘴边，什么也没说，径直往外走去。

她的步速极快，扒拉开围观的人，几乎是以跑的速度奔了出去。童岸狠狠地瞪了肖潇一眼，紧跟着出去。

楼梯很长，颜艺冲下楼的时候在转弯处崴了一脚，她顾不上脚腕上的痛，站起来接着往外奔，刚跑到大门外，就被追上来的童岸一把拉住，巨大的惯性让她趔趄着差点栽倒。

童岸扶住她，蹲下察看一下她的伤势，看样子不轻，他又气又疼："她说的话就值得你那么大动肝火吗？"

不知是疼还是委屈，颜艺的眼泪一下子就流了出来，她哽咽道："我早就知道，我不配……"

"你听她瞎说，"童岸叹口气站起来，伸手给她擦眼泪，"什么配不配的，我还觉得高攀了你呢。"

颜艺哭得有些喘不上来气："你……你俩在一起最合适，都是有钱人家的孩子，哪儿哪儿都合适，干吗来招惹我。"

童岸听了这话，好气又好笑："我才不要那个寄生虫，还是你好，学习那么棒，"他脸上带着笑，"自行车也修得好。"

颜艺听了最后一句，破涕为笑，推他一下："讨厌，那你干吗不找校门口修自行车的张大爷，他比我专业多了。"

童岸蹲下，指指自己的后背："上来吧，我带你去医院挂个急诊，不然的话明早你的脚腕子会比腰还粗，过几天我就该回去了，到时候谁来照顾你。"

颜艺顺从地趴到童岸的背上，正是暮春之际，路边盛开着一树树的泡桐花，蓊郁茂盛，淡紫色的花朵点缀在黝黑的枝丫上，风摆枝摇，从下面向上望去的时候，像是望着星辰。

他们被泡桐的香气吸引，四只眼睛同时凝望着，此刻这株泡桐仿佛更有神采了，在一片星辉之下，那花朵好似燃烧着的淡蓝色的火焰一般，它若有知，也会感到羞涩或是甜蜜。

当晚童岸再回到KTV包厢的时候，已经接近凌晨，薛司宇和骆雯先走了，据肖潇所说，是骆雯担心明天早上的实验课，薛司宇主动提出要送她回学校的。她冲童岸眨眨眼睛，又想凑过来跟他咬耳朵，童岸下意识地躲开。

肖潇朝他翻了个白眼：“你看你那点儿出息，一个颜艺就把你收拾得服服帖帖的了，薛司宇跟你一个德行，我看他也降不住那个姓骆的女的。”

童岸嘴角有无意识的笑：“我乐意，我眼里只有我家学霸，你爱说什么说去吧，”他眼睛里藏了光，“以后少跟我腻歪，我不想让颜艺烦心。”

肖潇的神情里有说不出的落寞：“我也只能跟你说说心里话了，我们家那摊子烂事，真没脸跟别人提。不过你放心，我还是有自知之明的，不打扰你们了。”

童岸有些心软：“因为是好朋友我才多劝你一句，别什么事都指望你妈手里的钱，你也得有个计划，以后怎么办，总不能让她养你一辈子吧？”

肖潇叹口气，摇摇头：“我不是颜艺，也不是你，你们能吃的苦，我受不了，你也别担心我，大不了我毕业之后就嫁人，也饿不死。”

话到这个地步，童岸知道多说无用，他只好低声说了句“保重”，匆匆离去。

一周后童岸结束假期飞回英国，颜艺的脚伤没有痊愈，也就没有去机场送他。

颜艺站在辛奶奶家的小院里向碧蓝如洗的天空上张望，樱兰色的天幕下，有飞机飞过时长长的白色拖尾，也许上面就载着童岸，颜艺揣着一颗柔软的女孩心思，怅然目送飞机徐徐离开了自己的视线。

勿云不相送，心到青门东。

（19）

深夜的海边，童岸看着她的汽车尾灯消失在夜色中，并没有离开，他站在就要熄灭的篝火旁，听着潮声一起一伏，不久，身后响起两个男人的脚步，矫健有力，童岸站起身，默默地看着他们走近。

老冯在前，陈慕阳在后，有一段时间不见了，老冯风吹日晒的脸上更见沧桑，他没多说话，伸手拍拍童岸的肩膀，嘴边难得有笑意：“干得不错，出乎我的意料，你提供给我们的线索，对破案有决定性的作用。”

童岸没有回答，他沉默地看着海面，心绪有些杂乱，老冯呵呵笑着，没话找话：“刚才我们在远处看见你跟一个女孩幽会，没敢打扰你，”他话锋一转，“不过，你也要提高警惕，尤其是对左军。”

童岸越过老冯的肩线，朝站在他身后的陈慕阳深深一瞥，话中有话：“那个女孩你熟悉，是颜艺，她最近工作太累，带她来海边散散心，其他的事情她一概不知。”

“你别把她卷进来，很危险，她一个女孩……”陈慕阳突兀又急切地插嘴。

老冯皱眉：“小陈，还有没有纪律？”陈慕阳只好收声作罢，童岸装作不理会的样子，听老冯指示。

按照老冯的说法，这个案子查到这个地步，已经差不多了，童岸提供的重要情报，外加他们在外围查到的线索，基本上已经把杜老板走私贩卖进口车零部件的情况摸得一清二楚，破案指日可待。

一瞬间，童岸的脸上有如释重负的放松，但老冯接下来的一个“可是”，让他的心一下子又紧张起来。

世界上所有的“可是”，都会出乎当事人的意料，无论这“可是”来得是大还是小。老冯也察觉到了童岸的情绪变化，可摆在眼前的是，形势比人强，案情变化把大家推到这个地步上，不是轻易能摆脱的。

老冯说，杜老板的生意并不是车厂这么简单，车厂只是一个幌子，他们前面也跟童岸说过，要想办法接近杜老板“最赚钱”的生意，只是童岸也不知道这个生意是什么，杜薇也暗示过，杜老板有一块生意“最赚钱”，童岸会错了意，以为就是走私，拿到的信息也是有关这个的，可是根据老冯他们掌握的线报，这个所谓的“最赚钱”，其实是杜老板更加隐蔽更加黑暗的毒品贸易。

听到这里童岸猛地一抬头，两条眉线皱成一团，手指夹着的香烟烧到了手指，痛得他一甩，才恢复了神智。他再看老冯，脸上一片沉重，包括一直不敢插嘴的陈慕阳，也是一脸震惊。

原以为自己误打误撞匿身的宏达车厂，不过是个暂时落脚的地方，谁想到杜老板私下还有走私生意。他本来抱着报恩的心态，帮着老冯查一查线索，偷点儿情报出来，等老冯他们破案，他就打算马上撤出来，反正现在他有了颜艺这个最有力的帮手，当年的证人也露出了马脚，父亲案子的重审指日可待。可是，“贩毒”两个字，让童岸觉得，仿佛坠入深海，脚下是滑腻的海草，他本来有希望逃出生天，可现在，海草将他的脚踝越缠越紧，用他根本不能挣脱的力气，拽着他往下沉。

那一瞬间他想起了上次进山时，左军跟他说过打算买一辆适合山地行进的悍马，为什么左军干脆利落毫无保留地带着他学走私的生意，就是因为他的发财重点早就转移了。杜薇也老劝他戒烟，甚至不惜打掉左军递给他的香烟，现在他才知道，原来杜薇是怕他无意识下沾上毒瘾。

老冯的嘴唇还在一张一翕，童岸睁着眼睛看着他，耳朵里一片轰鸣，宛若处身最嘈杂的汽车车间，他听不清老冯在说什么，陈慕阳那张年轻单纯的脸上，也有些失焦。

老冯交代了什么，他没太听得进去，他只知道，前路更加漫长更加危机四伏，他还要继续伪装成一个修车工，一个车厂老板的未来女婿，一个暗不见天日的男人。在这个夜晚，童岸第一次感觉到了深深的悔意，在他拥抱颜艺单薄的肩膀时，在她的眼泪无声却滚烫地滴落下来时，在他听到宏达车厂不可见人的秘密时，他想起了父亲曾经跟老冯说过的那句话。

“告诉童岸，好好活着，娶妻生子，什么都别耽误了。”

可惜，一切都晚了。

初冬的深夜，海边的风已然有些硬，刮在脸上，生生的刺痛，童岸长久的沉默着，只是看着起伏的海水，老冯也不催促他，任谁知道自己身处这样的危险之中，都会有情绪波动。老冯不再说话，童岸需要时间，那他就给童岸时间。

老冯低头打着火抽烟，香烟在昏暗中红光如豆，517走私案即将告破，让这个二十多年的老刑警，心头有隐隐的激动，可是同时带来的隐藏在背后更大的贩毒案，这个太出乎意外的插曲，又将如何展开和侦破呢?

开始时他并不太担心童岸，虽然童岸一开始答应给他提供点儿杜老板车厂的线索，也不是没有目的，他那点小心思老冯还不清楚？他憋着好几年的劲头，想给童志国讨回来一个清白，可这个世界上有谁是彻底清白的呢，童志国当年执掌华荣集团时有多少猫腻，谁又说得清楚。童岸不蠢，这么多年来他只是不能接受这个现实。

至于他还会不会继续在杜老板身边隐藏下去，协助把这个更大的案子破了，老冯心里有六分底，剩下的四分，是替他的安全担心，毕竟童岸没有这样的经验，不是最合适的人选，命运把他推到这个份儿上，干不干、做不做、会不会卖这个命，谁也说不准。

老冯年幼时随着母亲改嫁，跟了后爹的姓，童氏家族没有一个人再承认他的身份，哪怕后爹死了之后，母子两个穷得冬天连蜂窝煤都买不起，冻得缩在薄如纸的棉袄里哆嗦。童志国和他家是说近不近的远房叔伯关系，早早出来混社会，半大小子，下苦力才能挣两三块钱，可他重情义，人也热心，手里有点儿钱，就换了半袋棒子面或几个鸡蛋，上他家来看看这对孤苦的母子。老冯能上警校，还是这个大不了几岁的小三叔送他去的，后来俩人都成家立业，互相来往也不少。童志国后来开始创业，老冯也开始了警察生涯，两家的感情也没变过。

老冯也算是看着童岸长大的，童岸的童年正是童志国打拼天下的时候，童志国根本没有精力和心力照顾童岸母子，以至于一个月未见，儿子管爹喊“叔叔”是常有的事。童志国没时间陪儿子，但他有的是钱，大把的金钱砸给童岸。童岸刚拿驾照，童志国就给他买了津洲市罕见的蓝色法拉利，随后就是兰博基尼，童岸爱车，那么当父亲的就要给儿子世界上最好的车。

如果按照正常的剧情，童岸长了一副英俊的外表，一双眉眼随了他母亲的秀气，又带着童志国式的硬朗，再加上这样的身家，他要是想当个标准的纨绔子弟，那是易如反掌的事。好在童岸没有长偏，他妈妈虽然迷恋麻将，但对儿子的管教从来没放松，再加上十七八的时候就和学霸颜艺要好，他也没机会长歪，打下了天性中纯良的底色，也不缺正义和热情。老冯阅人无数，对童岸还是有几分信心的，他是个好孩子，只是还需要时间与锻炼。

这事不能着急，把童岸逼急了反而会坏了大事，老冯听见车里手机响，急急忙忙奔过去接电话。童岸看着身边那堆犹自不肯熄灭的火星，蹲下来用树枝毫无意识地拨拉着，陈慕阳双手插在口袋里，艰涩地开口。

“颜艺……她最近还好吧？”

这话问得毫无来由，却又顺理成章，这些话在陈慕阳的心里压抑了太久，他忍住打听颜艺近况的冲动，但他在她办公的大厦下面等候过大半夜，不为别的，就为了能看她一眼，可等到天微亮也不见她的踪影，她肯定又在公司加班，想到这里陈慕阳的心里就微微泛疼。

即使见了面，她也不愿意再面对自己吧，陈慕阳觉得泄气，尤其是当他亲眼目睹颜艺和童岸深夜共乘一辆车，从大厦下面的停车场开出来时，加上今晚又撞见他们在海边私会，他心底的失落更加重一层。

她是他年少时心底最绮丽的梦，虽然明知道这个梦本不该由他来做，可是他还是控制不了自己，他一切的努力都是为了她。

童岸知道陈慕阳肯定会打听颜艺的事，白天他偶尔来车厂送水，除了交接情报，两个人不能再有接触，现在是难得卸下伪装的时刻，陈慕阳的心思，他能不清楚吗？

“她挺好的。”童岸只用了四个字，言简意赅地传达出信息——她没你过得依旧很不错。

陈慕阳缓缓地蹲在海边的石头上，手臂搭在膝盖上：“你知道吗，你出现的那一刻，我就知道自己输了。这几年来我一直自欺欺人，其实我心里明白，除非你死了，我才有可能。”

童岸觉得好笑，歪着头看他：“你说错了，即使我死了，你也没有可能。”

陈慕阳一口怒气窜上心头，被点破心事的难堪，和瞬间放大无数倍的嫉妒，让他像深夜出没的莽豹一样，迅速地扑击童岸。

毕竟是经过特训的年轻人，陈慕阳身体的反应要比童岸灵敏得多，童岸没想到一向乖乖的陈慕阳也有凶狠的一面，反应不及，被陈慕阳按在地上，着实挨了两下。可童岸也不是吃素的，这几年在外漂泊，他的身体素质虽不如陈慕阳，但也不是能束手就擒的弱鸡。童岸抬头朝陈慕阳的脸上一撞，陈慕阳鼻子酸痛难当，手上的力气不由得小了，童岸趁机翻身爬起来，一脚踹在陈慕阳的胸口。陈慕阳顺势抱住童岸的腿，再次把他掀翻在地。

老冯回车里接了个电话，再回来的时候见两个年轻人厮打在一起，不由分说地上去一手一个拽开他们，怒喝道：“陈慕阳，童岸，你们俩知不知道现在是什么时候，先弄了个窝里反，你们要想打架，先跟我来比画！”

两个人像斗兽一样对峙着，老冯接着训他们：“走私案还没破，又添一个贩毒案，你们不想想怎么配合缉毒大队拿下杜学富，自己人先乱了阵脚，没见过你们这样不中用的软蛋！”

老冯一通臭骂，童岸也不说话，就双手插在裤袋里听着，但脸上的神色没有那么剑拔弩张了，陈慕阳也开始垂头丧气地擦着鼻血，老冯见两人终于消停下来，气色和缓了许多，开口说队里有事，要先回去，示意陈慕阳跟他的车走，陈慕阳低着头，低声说：

“想跟童岸聊点儿事。”看老冯又要骂人，他赶紧立正敬礼保证，“绝对不会再打架，要是再打，您随时摘我的警徽！”

远处的海水声，仿佛是两个人沉沉的心事，有一下没一下地此起彼伏，说到底还是关联在同一个女人身上，让这殊途同归的心事，有了说轻不轻说重不重的味道。陈慕阳心灰意冷地坐在地上，童岸四处找自己的大衣，心里嘀咕这孙子下手太没轻没重了，气恼地开口：“你把我打残了，谁帮你们查案子？再说了，你难道不清楚颜艺不喜欢幼稚的男生？”

陈慕阳仿佛没有听到一般，嘴里喃喃，是梦呓，又像是自语：“别的我不管，我也管不了颜艺的心，我就是不乐意你在这么危险的时刻还跟她私下见面，有多危险你自己心里清楚，你要是真爱她，就不该把她拖进来。”

童岸冷笑：“你就那么看不起我？只有你才能保护她，我只会害死她是吗？”

陈慕阳斜睨了他一眼，不怕死地继续说：“你要是不自私，就不会抛下她消失七年，你就是个只考虑自己的浑蛋！”

童岸没有力气再跟他争辩，也懒得争，他抬起屁股拍拍土，准备走人，临走时看见陈慕阳还在原地，忍不住讥讽：“你就继续躺在地上打滚耍赖吧，到时候你的小艺姐姐会抱你起来给你拍拍土，再给你买根糖葫芦吃。”

冷不丁地后背被一颗小石子击中，童岸头也不回，知道是陈慕阳愤愤不平。童岸懒得再跟他纠缠，大步流星地离开了海岸。

未来到底是什么样的，他即将面临什么样的危险，童岸不知道，即使老冯告诉他，如果他同意继续跟进这个贩毒案，他会迅速组织人力帮他避开左军对他的威胁，尽量保护他的安全。老冯的意思童岸明白，可他也不知道自己最恐惧的是什么，但是他知道，他得做点儿什么，逃也好，不逃也罢，他不想温驯地走进未知的命运。

难得周日早上有空，潘悦安早早收拾好自己，驱车去了母亲的住处。

因为父亲工作的关系，母亲和父亲依旧住在组织安排的大院里，他在这里长大，成年后才搬出来独住。

他停好车，熄了引擎，本来该下车，但这一刻潘悦安却有些踟蹰，自打颜艺告诉他邮件里的照片并没有任何人做过后期修改，也就是说，父亲在婚姻内和别的女人，还是一位有头有脸的女人胡混乱搞这件事确凿无疑之后，潘悦安虽然在和母亲的日常电话中没有流露出任何的情绪，可他还是抵触和父亲的接触。

所有的崩溃都是悄无声息的。出了这件事，尤其是亲口告诉他真相的人是颜艺，双重的打击像雷暴一样，劈得他心底着了一场大火，这火没人能灭得了，只有让它肆意地烧，烧得心都如炭了，才能好受一点。

他不是没有哭过，那天和颜艺分手后，他实在忍不住，躲在自己的宝马车里哭得歇斯底里。他又爱又敬重的父亲，那个对他极尽教育呵护之责的父亲，那个年年被评为劳动模范，上下级有口皆碑、品行没有任何可以指摘之处的父亲，让他以后怎么面对？

更让他如坐针毡的是，那个女人有钱有势，和她有了这样的苟且之事，难免会有权色交易，甚至是其他纪律问题，而这对于身居高位的父亲来说，是大忌。颜艺其他的事情没有说，但是从她的语气和脸色上看，这件事不会是小事。他没敢让她再往下追查，在他还没有三分把握的时候，潘悦安也不想早早地让父亲暴露在其他人的视线里，哪怕是颜艺。

他知道颜艺的本事。津洲就那么大一点的地方，颜艺又是IT业小有名气的人物，潘悦安的堂姐面对面采访过她，想弄清楚她的底细不是难事，据说在她毕业之后，国家层面的网络安全机关曾经想招揽她，但是因为她哥哥有案底在身，政审没通过，这事也就不了了之。身边的朋友有搞IT的，谈起她来绘声绘色的，据说没有颜艺挖不来的信息，她在网络的世界里上天入地所向披靡，不过这个人很有原则和底线，她不是黑客，她也不满足于当一名黑客，她是黑客狙击手。

她最声名远扬的一件事，是协助国际刑警在暗网抓捕臭名昭著的儿童色情狂。传闻中她神出鬼没，无所不能。如果只看颜艺的外表，你远远不会想到这个素淡着一张脸，经常戴黑框眼镜的女孩竟然是曾经震惊整个网络世界的职业狙击手。

潘悦安想，在他把所有头绪都理清楚之后再麻烦颜艺也不迟，何况那天他把文件还给颜艺的时候，她的脸色也不好看，她也有她的烦恼。潘悦安从副驾驶座上拿好给母亲的手信，是他出差时买的护肤品套装，一步一步踱上了楼梯。

开门的是母亲，父亲和几个老同事出去钓鱼了，潘悦安舒了口气，母亲接过他的礼物，高兴得很，左看右看的。潘悦安知道母亲不缺这点儿东西，她的梳妆台上高档化妆品不知有多少，说到底还是因为是儿子送的，与自己买的总有些不同。

潘悦安坐在餐桌前用调羹舀着宋嫂端上来炖得软烂的海参粟米粥，再看母亲面前，是万年不变的燕窝。母亲保养得宜，快六十岁的人了，还跟四十岁时没有太大差别，年轻时也是文工团的一枝花，现在虽然上了年纪，也还风韵犹存。

是长久的婚姻生活磨得对对方失去了最初的激情，还是真的有几年之痒这种说法，潘悦安没结过婚，无法体会，他觑着哼着歌的母亲，趁着宋嫂在厨房忙活，装作漫不经心地问：“妈，您和我爸最近还好吧？”

潘母没觉出异常：“能有什么不好的，就是你爸最近烟抽得有点儿凶，上次你带回来的那个戒烟贴，要是能买到就再多买点儿，你爸这么大年纪了，不管是不行喽。”

“我说的是您和我爸之间的感情，您扯戒烟干什么？”

潘母纳闷：“什么感情，我跟你爸这么多年了，不一直这样吗？”

潘悦安实在没有办法，伏在母亲耳边小声嘀咕了几句，潘母的脸色瞬间红了，话还未说，伸手不轻不重地拍了儿子几下：“浑小子，你瞎打听什么，学什么不好，学小流氓！”

母亲浑浑噩噩几十年，也许是自欺欺人，也许真的是浑然不觉，反正看样子从母亲这里掏不出什么有用的信息，潘悦安悻悻然喝完眼前的海参粥，起身要走。

潘母喊住了他：“我还有事要问你，你着急什么。我说，上次你答应我要请颜艺来家里的，一直糊弄我是吗？”

潘悦安没想到母亲在这儿等着他，也是，她心里是算准了颜艺这事能成，可她并不知道的是，颜艺和他之间的可能性，现在已经微乎其微。

他敷衍了几句，潘母不是吃素的，当然能听出儿子话里话外的信息，说白了就是儿子现在还没搞定那个姑娘。潘母有些气结，儿子一表人才，物质条件也相当拿得出手，怎么就不成呢？虽说好饭不怕晚，但是好饭如果放得时间太长，肯定会馊掉，再说了，潘家这样的家世颜艺还有什么不满意的，潘母越想心里越不是个滋味。

母子俩正说着话，潘启文回家了，手里还提着一上午的战利品。潘悦安以为父亲下午才会回来，乍一碰上，有些不自在。潘启文没察觉，还嘱咐宋嫂赶紧把鱼收拾了，都是水库里的活水鱼，和养殖的鱼味道不一样。潘母张罗着找砂锅炖鱼，潘父洗了手，坐下喝足了茶水，打开电视听本地新闻，潘悦安看着父亲脸上的皱纹，在冬日的阳光下，在他脸上打下了深深浅浅的印记。

父亲的头发显然是刚染过，有一种不真实的黑，潘悦安想到照片里的那个中年男人乌黑的头发，像是一团下水道的乱发，堵得他胸口发闷，潘悦安强打精神跟父亲聊了两句工作上的事，潘启文来了兴致，滔滔不绝地跟他说个不停。

一个金融大案，又是父亲主抓的，这可能是父亲去中央前的最后一个重大案子了，他站起身来在客厅里踱步，一条条分析着眼前的困难和阻力。潘悦安漫不经心地听着，他一直不敢正视的、不想正视的，就是那张图片上因情欲扭曲的男人的脸，最终不得不和眼前父亲的面孔合二为一。潘母适时地递过来一盘水果，关爱地往潘父的嘴里塞进最大最甜的一块。潘悦安觉得嘴里发苦，他犹记得，父亲在地方工作时，每次回来探亲的时候，总想吃口家里包的饺子。从小娇生惯养的母亲，为了这顿饺子，硬是跟邻居大妈学会了剁菜调馅，冬天洗大白菜，手上冻出疮来，演出时手背上打粉底都盖不住，只好戴着手套上台。他替这个家感到悲哀，值得吗，跟那个女人之间的肉体交欢，真的抵得过这么多年的相濡以沫和风雨同舟吗?

胸口的闷气一阵阵涌上来，他怕这么待下去会憋疯了自己，他可怜他的一对父母，母亲沉浸在被隐瞒的幸福生活中，父亲沉浸在他一手打造的安稳幻象和家庭外的绮丽瑰梦的双重欺骗中。

潘悦安找了个借口离开了父母家，母亲唠叨着非要给他带上海参，让他注意身体，脸色太差工作不要太拼命，跟颜艺多联系是正经的。潘悦安有些难过，这一切表象，多么不堪一击。

那张照片，软软地压覆在潘悦安脊梁上像是吸收着黑色的光，直到轮廓从薄膜里脱胎变成怪兽，他才明白，这只妖怪，能不能收服、要不要收服，全在他的起心动念之间。

颜朗最爱津洲的深秋，准确地说应该是初冬，树木深深浅浅地黄了红了，在肃杀凛冽的空气里，优美得像是一幅静谧的油画。

他站在窗户边出神，梅琦琳拿了吹风机吹头发，一只脚踩在椅子上，弯着腰梳弄着浓密的长发，浴巾包裹着的玲珑身段一览无余。颜朗漫无边际的目光定格在梅琦琳涂着丹蔻的脚上，她的动作无比地熟悉。

她们的一举步、一伸腰、一掠发。一转眼，都如蜜在流、水在荡，外人看来颜朗喜欢的无非是正值青春岁月的美女，但只有他自己明白，他爱过的女人都如出一辙。

这次从南美回来之后颜朗没有去肖潇那儿，他还在吊着她，让她尝尝自作自受的滋味也没什么不好的。他也没回家，颜艺最近忙得很，兄妹俩很少能打个照面，可不知怎的，面对颜艺他总有一种莫名的心虚，是错觉还是直觉，他也说不清。

颜艺有事瞒着他，这是他能确定的，至于是什么事，他也不敢往深里想。

所以想了想，他还是到梅琦琳这里逍遥两天。

旧日的女朋友就有这点好处，颜朗来，她不问缘由，颜朗几个月不来，她也有自己的乐子，在一起时开心得很，分开也不会死缠烂打。也对，做颜朗的女伴，这点觉悟和本事还是要有的。

颜朗的手机响了，他看看来电号码，没有备注姓名，但那一串数字熟悉得很，颜朗装作没事人的样子进了书房。

手机挂了，叮咚再响，颜朗拿起一看，肖潇没有食言，果然是陈宝珠和那个姓潘的另一段激情视频。颜朗很满意："烟盒就放在厨房那个能上锁的抽屉里，你找找看。"

一阵踢踢踏踏的脚步声响起："颜朗，你耍我？钥匙呢？"听得出对面的肖潇已经气急败坏了。

颜朗马上用温柔的口气解释道："对不起，宝贝儿，别着急，你看这也都巧了，就前天的事，我一眼没看住，就你那宝贝狗把钥匙吞肚子里了。当时我怕你生气，就没敢告诉你。怎么，这几天还没拉出来吗？"

颜朗忍住笑，装出一副认真的样子说道："这样吧，你要是能再忍忍干脆戒了算了，那玩意对身体不好，我现在也赶不回去啊……你先自己想想办法，它要实在拉不出来，你就干脆来个杀鸡取卵，哪天我再给你买只更贵的……"

几分钟后，肖潇又打来电话，电话里面只有嘶吼："狗我杀了，钥匙到底在哪儿？"

颜朗一愣，心想这女人真下得去手，他脸上露出诡异的笑容："亲爱的，我说错了，刚想起来，钥匙在客厅的电视柜里。"

之后颜朗再也没有接肖潇的电话，不过他还是点开了肖潇发来的微信语音："颜朗，你就是个魔鬼！你让我杀了我的宝贝皮皮……"估计是这支烟已经抽得差不多，肖潇缓过这个劲儿了，才有力气骂他。

颜朗一点也不生气，甚至嘴角微微牵出一个弧度，他想，你失去的只是一条狗，而你们从我身上夺走的远远不止这些，我会让你们所有人慢慢学会体会我心里的痛苦。

那个金色的烟盒里只有两支烟，肖潇撑不了几天，她还会这样低三下四地求他。手拿把掐地掌握着别人的命运，这种感觉真爽。

（20）

颜朗看着正在梳妆打扮准备出门巡店的梅琦琳，若有所思地看看角落里的行李箱，掏出一支烟，正准备掏出点上，不想梅琦琳眼疾手快，一个回身劈手夺了香烟，拿在手里冲颜朗似笑非笑地晃晃："我这儿的规矩，任谁来了都不能在我房间里抽烟。"

颜朗不怒反笑，一把揽过梅琦琳的纤腰，把她置在自己的大腿上，看着她精心描了一半的眉毛，探身从梳妆台上取了眉笔，端过她的鹅蛋脸，细细地替她描画。

梅琦琳咯咯地笑，颜朗的鼻息喷在她的脸上，勾人的痒，挠得她心底又酥又软，她不由得向后躲去。

"从哪儿学来的这些伺候女人的手段，几个月不见，你本事见长啊！"

颜朗也有片刻的失神，是啊，连对徐婉静他都没有这样亲昵的举动，今天这是怎么了？

他递过梳妆台上的小镜子，把眉笔往她手里一塞，语气又恢复了往日的疏懒："自己画吧，省得你又嚼舌头。"

梅琦琳笑嘻嘻地起身，从背后搭住颜朗的肩膀，用手指刮他高挺的鼻梁："哟，说两句就不高兴了，心眼儿真小，"她抬头看看墙上的钟，"不跟你闹了，我得赶紧走，今天新请的大师傅第一天上灶，我得去看看。"

颜朗想了想，说道：“我有些东西放你这儿，就在行李箱里，你在你这儿给我找个隐蔽的地方，先存一段时间。”

梅琦琳瞟了一眼行李箱，嘴里开着玩笑，手却不老实地往颜朗的腰带下面摸，眼神又酥又媚：“存我这儿你就放心吧，我会像对这宝贝一样给你看好了。”

颜朗按下她不安分的手，握了一会儿：“过几天我出差，回来找你。”说完，拿了车钥匙和别的行李走人。

她是少有的值得他信任的人，梅琦琳和他有旧情，这是一方面，更重要的是，他把她从欢场上带出来的时候，梅琦琳就认定了，天下的男人没一个好的，但颜朗还有点儿人性，所以他对她，即使若即若离，她这辈子也念着他的好处。

颜艺不是不好，她是他唯一的亲人、唯一的妹妹，如果说为了颜艺，要拿走他的性命，他也无所谓，只要颜艺能够平安幸福。可是有的时候，他不得不在心里竖起一道防线，不是对颜艺有猜忌，也不是觉得颜艺不可信任，只是不想让妹妹再次看见自己不堪入目的另一面，也不想把颜艺，再次拖入泥淖。

这一生，他辜负过很多女人，善良的、天真的、有心计的、胸大无脑的，这都不算什么，唯有两个女人，一个死了，一个还活着，是他想舍尽全力去保护的。

他也想给自己赎罪的机会。

今天是农历十月初一，给逝去的亲人送寒衣的日子，颜朗约了妹妹，一起上陵园给父母扫个墓。

颜艺到得早，远远地落入颜朗的视线里，只有一袭穿着驼色大衣的单薄身影，他慢慢地踱上台阶，才看清妹妹蹲在父母墓碑前，小心翼翼地擦拭着墓碑上的灰尘和泥渍。

一束黄白相间的菊花、一碟绿豆糕，还有一碟桂花糕，是母亲生前爱吃的，以前家境不好，只有父母发工资的日子，母亲才会兴冲冲地买回来两样细点心，不多，加一起才一斤，没几块，全家四口略尝一点就没了，颜艺还会学着哥哥的样子用指头沾了口水去蘸点心渣吃。幼年的生活，清贫但是快乐，全家整整齐齐的，有爸爸有妈妈，不像现在，一家团聚，却是阴阳两隔。

颜艺听见脚步声，回头看是哥哥，她眼底泛红，想是哭过了。颜朗心里一软，走上前去揽过她的肩膀，颜艺顺从地伏在哥哥的肩膀上，颜朗拍拍她的后背，颜艺鼻尖发酸，低声喊了句“哥哥”。

小时候他俩也打过架，每次都是颜朗占上风，毕竟比她大几岁，男孩女孩之间的力量有差异，颜艺吃了亏，好几天不理他。妹妹不搭理自己，颜朗又觉得不是滋味，只好放低了身段再哄她，他知道，只要颜艺还肯喊他“哥哥”，兄妹之间就没有什么解不开的过节。

上次因为表哥跳楼的事情，颜艺很长一段时间没有主动联系颜朗，这次哥哥喊她出来扫墓，是服软，也是示好，而且用这个理由，颜艺不会不来。

颜朗恭敬地给父母上了香，把带来的花放在菊花旁边，墓碑上父母的黑白照上还是一对年轻的夫妻，对发生在儿女身上的一切一无所知。

起风了，颜朗替颜艺戴好大衣上的帽子，又替她整理了一下鬓角的碎发。颜艺叹口气，低下头，声音很轻：“我前些日子去了趟姑妈家。”

她这话说得突兀，颜朗却明白她话里的意思，他眼睛望着远处：“看样子是没死？呵，那命是够大的。”

“胸部以下高位截瘫，人是有意识的，但是这辈子……”

“颜艺，你要是觉得把这些告诉我，我会愧疚，那你还是不了解你哥哥。我又做错了什么呢，是他自己心理素质不好……不就是个女人吗，有什么想不开的，大不了换一个。”

颜艺哧的一声轻笑，摇摇头：“说得容易，这么多年，你身边流水一样的女人，你又对哪个动过真心？还不是觉得最初的那个最好？”

颜朗被妹妹一句话噎回去，不作声，颜艺低头看看地面，用鞋尖踢踢地上的石子：“我给了姑妈张卡，里面是我今年的中期奖金，六位数，全给她了，就当替你消了罪过。”

颜朗沉默了许久，眼睑垂下，睫毛在脸上映出灰色沉重的阴影：“你有心了，谢谢。”

他们并肩往山下走，路上寒风呜咽，树影疏疏重重，像是要扑上身来。路边停着他们的车子，颜艺拉开车门，想要嘱咐哥哥几句，却又不知该从何说起，只是抬手挥了挥：“路上小心。”

颜朗点点头，目送颜艺发动车子离开，颜艺在后视镜里看着哥哥的身影越来越小，最终消失在道路的尽头。

许久没有回到家里睡觉，颜艺这一夜的梦境格外纷扰。北方已经开始供暖，临睡前她忘了开加湿器，又热又干，她睁眼的那一刻，喉咙里干灼疼痛，不知为什么，她又昏昏地闭上了眼，最后的那一个默片似的短梦，美好得不像是梦境。

她想起以前学过的一首古诗，“上天知我忆其人，使向人间梦中见。”用在此时正和心境，只不过她明知道童岸和她同处一座城里，每天听着一样的新闻，度着一样的季节，可还是只能在梦里才能随心所欲地见到他，不用伪装，不必背负重重的包袱，不会总有一种悲凉的无奈——这次两个人见完面，下次也许就不会再见了，就像七年前他的不告而别。

热得难受，颜艺干脆掀开被子坐起来，赤着脚踏在光洁的木地板上，冰凉的触觉让她觉得舒服许多，她想到什么，趿拉上拖鞋走到厨房，打开冰箱拿出一盒尚未开封的冰激凌，掀开盖子用勺子挖着吃。

少女时代第一次被表白的夏夜，颜艺脸上烧得像是傍晚的红霞，童岸也羞赧得不知该继续说什么，只是把手里一直提着的塑料袋往她怀里一塞，慌不择路地跑了。

那是一盒草莓味的八喜冰激凌，外面还带着冰袋，水汽凝结下来，滴在颜艺的掌心，她躲在油腻厨房昏暗的灯光下，小心翼翼地品尝着舌尖上的甜蜜与凉爽。此那以后，她只吃这个牌子这个口味的冰激凌，一桶一桶地买来存在冰箱里，似乎只有这样，才能提醒她，曾经的那个夏夜不是她的幻觉。

在餐桌上边吃冰激凌边看科技论坛上的帖子，这是颜艺少有的工作日状态，Season的项目基本完工，只待对方验收，不过颜艺对自己的团队的技术能力有信心，他们完成的结果绝对会比合作条款里要求的要好。

她给大家放了个短假，连上周末两天，三天的时间让这些跟着她没日没夜苦熬的年轻人好好放松放松，至于她，一时还没有想好要做什么，假期对于她这种孤家寡人来说，有跟没有是一样的。

不过手头是有两件亟待解决的事，一是骆雯怀孕了，薛司宇前两天刚在朋友圈晒了宝宝的第一张B超图，黑乎乎的怎么也看不出是个孩子的形状，薛司宇愣是在微信里有鼻子有眼地描述孩子是如何随了他英俊的外表的。那个时候颜艺正忙得四脚朝天，什么都顾不上，现在她想，好像是应该对未来的干女儿或者干儿子有所表示了。

还有一件事，她那晚在海边，答应童岸会一起把颜朗不可见人的过往调查清楚，可说归说，她也知道，这几天她一直用“忙”来拖延和童岸的会面，她的理智告诉她，应该在颜朗还没有铸成大错的时候拽住他，可她的情感总在不合时宜地指挥她的大脑，掩盖秘密，似乎是更有效地解决眼前这堆乱码一样问题的途径，可这明显违背了她的原则。

一想起这个，顿时觉得手里的冰激凌索然无味，颜艺收好剩下的冰激凌，去水槽冲洗干净勺子，看着外面掉光了叶子的梧桐树上叽叽喳喳的麻雀发呆，一辆黑色的奔驰车驶进了她的眼帘。

熟悉得不能再熟悉的车牌号，四个数字是颜家四口人出生月份的组合，当年颜爸爸笑着说，我们一家人，都是单月出生的呢，以后存折上的密码，就用我们四口人的月份数字来组成。颜艺看见颜朗拿了大包小包的东西，直奔楼上而来。

颜朗进门的第一件事就是收拾冰箱，颜艺长时间不在家，偶尔回来，颜朗怕她半夜回来没有吃的，总是习惯把冰箱里备好食物，省得颜艺饿极了又懒得吃，对胃的伤害大。里面有几盒酸奶过期了，还有火腿开了封没吃完，闻着有一股怪味道，他鞋子都没来得及换，站在冰箱前收拾半天，嘴上唠叨着颜艺肯定又把公司当家，把家当旅馆了。

“我说，你能不能上点心，我给你买的那套房马上就交房了，是不是该考虑一下装修问题了？你想要什么风格的，欧式的还是美式的？我跟你说啊，装修的钱不够我给你添，我听老费说了，你们这个项目完成之后你是有个长假的，抓紧时间联系装修设计师，别再拖了。”

颜艺反问他：“哥，你真的不打算用新房结婚吗？按年龄长幼你可比我大，而且我现在也没有占一套新房的理由。”

“说好了送你的，我就不会往回收，房子我只管买，装修我就不管了，现在是进口冻品的旺季，我很快就要忙起来了，你自己多操心吧。”

颜朗奓着双手在厨房里走来走去：“抹布呢，我上个月新换的抹布你放哪儿了，冰箱里的罐头凤尾鱼都漏油了你也没发现，我真服了你了，以后谁敢娶你真是有够受的。”

颜艺不敢多嘴，赶紧拿了抹布帮忙，颜朗边洗手边装作不经意地问她：“我那台笔记本电脑，你是不是动过，系统好像出了点儿毛病，不太好使了。”

一瞬间仿佛冰箱里的寒气蔓延到后脊梁，颜艺身上的寒毛都要竖起来了，心里跳得像是在打鼓，她在脑子里闪电般地回忆当时的每一个动作，从开机到关机，没有任何的破绽，她对自己的技术有最原始的信任，不可能留下痕迹。

想到这里颜艺心里略微镇静，没有片刻的迟疑，她听见自己若无其事地说：“我动你的电脑干吗，你那台破电脑也不好使，再说了，我还怕看见什么北京热南京热爱情动作片呢，我也是有职业道德的好不好？”

颜艺撒谎的本事在当哥哥的眼里，拙劣无比，她的破解技术没得说，可惜她的眼神躲躲闪闪的，还有她不自觉地把手指蜷在掌心里的小动作，没有一处不在说明，颜艺动了他的电脑，而且发现了不该她知道的东西，至于她能看明白多少，只是时间问题。

他的心里有莫名的恐慌，这是多少年来不曾有过的，颜朗见过世间各种不堪和污浊，最怕的不是自己手上沾着来路不明的鲜血，而是颜艺面对危险而不自知，与其看着她像个盲人一样在悬崖边上摸索，他宁愿被颜艺一把推落下去，换得她的平安。

手在厨房的水龙头下冲了许久，颜朗的眼神亮起来，又湮灭，他想起小时候颜艺有段时间对谜语特别感兴趣，天天缠着他，让他出谜语给她猜，她总会歪着脑袋一脸认真地思索。现在，他给妹妹出了一个难度最高的谜语，等她解读出来的那天，也许就是他能赎清自己罪过的时刻。

颜艺见哥哥没有反应，似乎他被她糊弄过去了，松了一口气，手指上的动作却慢了一拍，开了封的鱼罐头锋利的金属片猝不及防地割破了手指，被切开的皮肉瞬间涌出鲜血，混着鱼肉腥气的油脂，往下一滴滴地滚，触目惊心。

颜朗吓了一跳，从沉思中回过神来，赶紧找止血的东西，家里的医药箱里有酒精棉，压在伤口上，刺激得她一阵阵哆嗦地疼。

她移开酒精棉，血珠子继续往外冒，汇聚成一条线顺着掌纹往下滴，一直砸到地上。颜朗飞快地起身拿起车钥匙："我带你去医院包扎一下，这样恐怕不行。"

颜艺一怔，她觉得空气憋闷得难受，不想再看见哥哥的脸，她别过头，说："伤口不深，去医院太麻烦了，楼下的药店里有纱布，再买点儿碘伏之类的消消毒就可以了，以前上学的时候受了伤，骆雯都是这么给我处理的。"

颜朗听她这么一说，舒了口气，他拿了钱包出门，临走时还不忘叮嘱颜艺不要再乱动，小心止不住血。颜艺听着大门在身后关上的声音，失控的心脏终于缓和下来。

她站在窗前看着颜朗的身影消失在楼宇间，颜艺没有时间多想，她穿好大衣，拿了手机和钥匙，手里依旧攥着那块血迹斑驳的酒精棉，冲出了家门。

引擎响起后，她用另一只没有受伤的手给颜朗发了条微信：“公司临时有急事，我去处理一下。”她还想再说些什么，又觉得无话可说。

手机接通了，那头是一片刺耳的机器声，想必正是忙的时候，童岸的声音在手机的那一头，听起来有微微的喘息声，有人问他什么，他让颜艺先等一下，大声地告诉对方工具放在什么地方，这才腾出空跟颜艺说话。

反而是她，一时间不知道该说些什么，她的大脑有短暂的空白，童岸耐心地等待她回过神，颜艺想了想，说：“我查到水电工家的地址了，还没去看过，我想你要是有时间，是不是跟我去看看？”

她无法忽视颜朗行踪里的种种疑点，也按捺不住对颜朗当年做过的事的探究心。她知道危险就在那里，但是她控制不住自己的手，就像冬天围着火炉烤手，辛奶奶一再叮嘱他们离远一点，火星子蹦出来溅到眼睛里可了不得，颜艺却总是想往前再探一点，再近一点，她不怕。

紧攥的手指上传来的痛楚像是一把锥子，在她心尖上一下下有节奏地扎着，她想起颜朗入狱时惨淡的脸，她没发现自己的身体在不停地颤抖，她的牙齿在上下打战，她只有一个念头，我只有颜朗一个亲人了，我要在他陷入泥淖之前，拉住他。

她输不起，颜朗更输不起。

七年前。

山雨欲来风满楼，童岸总是第一个嗅到大事发生前低气压的人。

父亲难得晚上回来得早，晚饭后钻进书房一直没出来，临睡觉的时候，他招呼童岸进来。昏暗的灯光下，他从保险箱里拿出一些文件递给童岸，童岸一看是英国和德国的房产合同，还有苏格兰银行的大额存款。

童岸不解，抬头望向父亲，童志国坐在阴影里，眼色乌沉如墨，不辨喜怒。他只是淡淡地说，这是给童岸和他母亲留条后路。童岸不解，他不是饱食终日无所用心的富二代，纵然他已经明确表态，个人的兴趣还是在汽车方面，但华荣毕竟是他的父亲打下的江山，即便他不接手，也不证明他不关心华荣的动态。

肖潇的提醒犹在耳边，陈宝珠的野心路人皆知，童志国近几年挟制不了这个女人，眼见着她一步步在华荣坐大，偏偏童志国已经力不从心，好多事情，只能由得这个女人折腾。

那是童岸第一次感觉到长大的滋味，原来长大的代价，就是发现有些事是他无能为力的，华荣的事情他本不想插手，现在想插手也没有那个心力。童志国没说什么，只是让他多留意投资移民的事情，有机会一定要想办法留下。

童岸张了张嘴，没说什么，满肚子的疑惑，再觑着父亲的脸色，想起那天肖潇的话，还有满城的风言风语，更不知道怎么问，他只好胡乱点头，退出了书房。

好在颜艺那边传来的都是好消息，她表现优异，几次国际性大赛的得奖、拔尖的专业课成绩，和超强的科研能力，得到了很多大学的赏识，纷纷伸出橄榄枝。她给童岸打电话的时候，有一丝丝的兴奋，更多的是来自选择困难带来的无奈：“我该怎么选啊，美国还是英国啊？”

童岸不出声地笑，他以为颜艺只是在撒娇，这还用选吗，必须是英国啊，两个人的异国恋多艰辛，她又不是不知道，现在机会来了，终于可以团聚不好吗？

颜艺犹豫半天，才吞吞吐吐地说出自己纠结的点，美国那边给的是全奖，而英国这边只能提供半奖，如果去美国，她就能心无旁骛地做自己的研究，毕竟她对物质的欲望和要求极低，奖学金完全够她生活，这对于一个想买电脑都要打工赚钱的颜艺来说，十分重要。英国那边因为专业方向的问题，乐观的话只能是半奖，虽然说打工可以补上这个财务上的窟窿，但是再兼顾学业，就很辛苦了。

颜艺踌躇了一下，还是决定说出来："我觉得还是美国比较适合我，童岸，我不是不想去和你团聚，但是我真的太累了，我不想再过这种要算计每一分钱的生活，再说，辛奶奶这边要拆迁，弟弟妹妹们需要安置，这也是不小的开销，我想帮奶奶分担一下。"

童岸轻笑："这有什么难的，学费生活费还有你辛奶奶那边需要的钱，我给你不就行了？现在好不容易有了可以来英国的机会，你干吗要放弃呢？"

颜艺那边陷入长久的沉默，童岸心急，嚷嚷道："怎么不说话了，这事就这么决定了，你来英国，剩下的事情我替你弄……"

话音未落，颜艺那边已经切掉了通话。童岸不解，再打过去，提示"您拨打的电话正在通话中"，他不知道发生了什么，好端端的，颜艺又在生什么气？

他也郁闷，愤愤地把手机扔在地上，有一条短信进来："童岸，你的好意我心领了，但是未来的道路还是要靠我一个人走，别人替代不了，我不能将自己的未来早早地押在你的身上。我也有我的想法和考虑，希望你尊重我的选择。"

童岸更加无语，他根本不能理解颜艺哪来儿的这些深沉心思，他的就是她的，他心甘情愿地为她付出，怎么还招人讨厌了？童岸想不通也不愿去想，干脆开了车找朋友出去打球。

这一冷战就是半个星期。他没有联系颜艺，颜艺也躲着他。平时两个人再忙，甚至颜艺封闭集训的时候，每天至少还要在QQ上聊个三五分钟，这下算是音讯全无。

三伏天热得童岸哪儿也不想去，只想躲在家里吹空调打游戏，游戏打得腻歪了空调吹得五脏六腑都凉了，童岸还是百爪挠心一般坐不住，他在心里恨恨地嘟囔，现成的好处不要，非要自己死扛，扛吧，有本事以后永远别理我。

到了第二天下午，高温预警依旧持续，童岸在家里已经彻底要抓狂了，新闻报外面的地表温度已经四十度，他知道颜艺住的那种胡同，夏天热得像是蒸笼，一家老小挤在一起，颜艺每年夏天都是一身毒痱子，又痛又痒，一旦抓破就会感染。童岸抱着一筒冰激凌狂吃，想起这个牌子他给颜艺买过，她也喜欢，顿时吃得不那么痛快了，喜欢一个人的感觉真糟糕，连自己吃了什么好吃的没能让她一起吃，都会觉得有点儿内疚。

他想去看看她，又拉不下脸，现在算是知道了，颜艺才是他命中真正的魔头。何以解忧，唯有基友，薛司宇听见童岸在电话那头支支吾吾地东拉西扯，冷笑一声："颜艺才冷着你几天就受不了了，你有没有点出息？"

"我哪想到她的气性这么大……"

薛司宇还在火上浇油："听骆雯说，颜艺这几天晚上偷着哭，眼睛都肿了。"

童岸的情绪已然失控，他根本听不出来薛司宇的信口胡诌，现在正放着暑假，骆雯和颜艺又不可能住宿舍，她是怎么知道颜艺晚上哭的，这种漏洞百出的瞎话把童岸唬得一声长叹：“要不晚上我去看看她，总这么僵着，也不是个事……”

薛司宇满嘴跑火车：“不用着急，据说有个小子前些日子经常蹲在宿舍底下等颜艺，是警察学院的，长得还行，身材不错……”

童岸坐不住了，今天是七夕，也是颜艺返校的日子，如果去津大的话应该能见到颜艺，他心急火燎地从衣柜里找衣服，又拿出早就准备好的礼物，风驰电掣地开到了津大。

七夕节的大学校园，走在浓荫路上的全是一对对的情侣，童岸知道颜艺不喜欢他开着这么闷骚的车子来找她，只好在门口停好车，一步步往里走，虽然已经是初秋的天气，但他还是走出了一身汗。

夜色初上，计算机系的女生宿舍下面影影绰绰有两个身影，童岸在拐角处站住。

年轻的男孩羞涩地把手里的一大束玫瑰花双手奉上，女孩一脸惊吓，往后退了一步，摇着手说了句什么，童岸听不清，心情焦躁，再也按捺不住，蹿了出去。

“我是她男朋友，你想干什么？”童岸横眉立目，一双眉眼中写满了警惕和威胁。

陈慕阳没想到半路杀出来一个“男友”，他顾不了那么多，把花往颜艺怀里一塞，低声说了句“我再来找你”，撒腿就跑。

颜艺吓得不敢动，手里的花拿着不是不拿也不是，童岸见陈慕阳跑远了，才气呼呼地一把抢过鲜花，扔进垃圾桶。颜艺不说话也没有表情，冷冷地看着童岸，看得他心里发毛。

算了，为了这点小事不值得，他低着头看地面：“别生气了，我那天态度不好，我道歉。”

颜艺知道童岸的脾气，能让他这样低三下四，已经很不容易，她叹口气："我没有怪你，以后咱们俩怎么办，没有计划过，我觉得，还是……"

听到这句话，童岸惊恐地抬起头，看着颜艺，他怕她说出那句"咱们还是分手吧"，直到这时他才醒悟过来，颜艺是可以选择离开他的，想到这里，那种心脏骤停的感觉再次发作。

他一把把她拥进怀里，喃喃地说："不许你说分手。"她的头发应该是刚洗过，有一种淡淡的茉莉花的香气。

颜艺脸红，想推他又推不开："哎，我的意思是，要不还是我不出国读研了，国内的导师……"

"不行，不准！"童岸胳膊上加把劲，勒得她有些胸闷，"你好不容易争取来的机会，不能放弃，我决定了，你愿意去美国我也支持，最多就是假期我飞过去看你，你要答应我每天视频，这么多年都过来了，不差这点儿时间。"

颜艺的脸埋在他的怀里，安心地轻笑："谢谢……"

"放心，我们打得过时间和距离，你走到哪儿，我的心都跟着你，"童岸顿了一下，"我就想在你这棵树上吊死，吊一辈子。"

颜艺闷闷地说了一声："热啊，你身上都是汗。"童岸这才放开她。两人相视一笑，颜艺绯红的脸让他更觉得自己做出的让步是正确的，老天真爱玩弄人，刚让下了一场冰雹让你晕头转向，现在又放出彩虹让你憧憬。

童岸掏出准备好的礼物："喏，给你的。"

是个小小的盒子，颜艺轻轻地打开，是两枚小小的钻石耳钉。她前些日子去打了耳洞，长得不太好，一直不能消肿，童岸听肖潇说过，要戴纯金的耳钉才能消炎，他特意去买的，白金镶钻，简洁大方，最适合颜艺。

她沉思了一秒，蹬蹬蹬地跑回楼上，也拿下来一个小盒子，说是给童岸的礼物。童岸接过来，也是一个扁扁的盒子，很有分量，童岸疑惑地打开，里面是一枚奖章。

是她这次大赛的金牌，颜艺背着手，扬起一张月光一样皎洁的脸，眼神里有羞涩，也有坚定。

“这是我凭自己的双手挣来的，我希望能和你分享。”

童岸的眼底莫名地酸了，心底却泛滥起无限的温柔和甜蜜，他小心翼翼地抚摸着这块来之不易的奖章，上面的花纹像是她长年敲击键盘在指腹留下的硬茧。

深深地吻下去，她的眼睛里倒映着星河，现在全世界只有他听得到颜艺的心跳，像是某种唯有他能破解的密码。

真希望能这样安安静静地爱一辈子，他的心是挂在天上的月亮，秋风四起，每一晚都为这个女孩发光。

陈慕阳的出现让童岸有短暂的失控，他从来没有想过，自己笃定的感情会有一个觊觎者。

他知道陈慕阳的存在，当年的陈慕阳是以一个毛还没长全的小男孩的形象进入他的记忆的，颜艺做家教回来，偷拍了蓝色杀马特少年的照片，偷笑着跟他念叨这个学生的点滴，打游戏成瘾，他有个极为严厉的老妈和一个忙工作不着家的爸爸，他脑子还是挺快的就是不爱学习，后来，颜艺的发际线上多了一条不明显的伤疤，说是在他家不小心磕到了门框，童岸心疼半天，知道她在撒谎，但也问不出什么。

当看到陈慕阳笔挺的身姿出现在颜艺的楼下时，童岸第一次感觉到血往头上涌的灼热感，他浑身在抖，是在发怒还是在恐慌，他也说不清。直到确定颜艺还在他的怀里，她的心属于他，他的不安才慢慢平复下来。

这时他才明白，所有的一切都不会是永久的，他尚未长成到可以顶天立地的地步，就连守住心爱的女孩都岌岌可危。

颜朗去找过徐婉静，根据颜艺告诉他的她工作的地址，但那家鞋店的工作人员仔细回想了很久，才在同事的提醒下想起来："她只做了不到三个月，说是要和男朋友结婚，婚后不准备工作了，就辞职走人了。"

颜朗没有看到旁边年轻店员互相交换的暧昧眼神，他道了谢，魂不守舍地往外走。一切都恍然大悟，这就是为什么她在这三年里，一次也没有来监狱探望过他的原因。

每个失眠的长夜都让他觉得恐惧，屋子里面的灯亮着，就像在监狱里的一千多个漫漫长夜，隔壁传来辛奶奶连绵不绝的咳嗽声，每一次都像是要冲破她苍老单薄的肺。颜朗翻个身，他看见斑驳的墙壁上还贴着他学生时代的奖状，日久天长，奖状被日光晒得已经褪了颜色。

他从枕头下面摸出那张出狱前老A给他的纸条，上面的手机号码清晰得有些刺目，颜朗把那块玉佩从脖子上摘下来，狠狠地攥进手心，手心里有冰凉决绝的触感，他昏昏然睡着了。

第二天，他站在盛源进出口公司的门口，说明要见总经理时，染着黄发的年轻女人迟疑了一下，还是拨了电话进去。她放下电话，对颜朗说，你只有五分钟的时间。

总经理是一个瘦高的中年男人，头发花白，戴着一副金丝眼镜，声音有些尖利，他听完颜朗的求职意向，把他的简介往桌子上一放，笑着反问他："你为什么觉得我会录用你？"

颜朗从口袋里掏出那块玉佩，眼睛里是淡漠的神情："我在牢里救了他，他说我走投无路的时候，可以来找你。"

中年男人有些意外地看着他："你是说你救过我哥？"他的脸色舒缓了很多，"你先坐，我出去打个电话。"

颜朗打量着办公室里简陋的布置，墙上挂着营业执照，应该是做进口牛羊肉生意的公司，半新不旧的办公桌上倒是井井有条地摆放着电脑和文件匣子，玻璃板下压着几张照片，有一张旧了的合影里，中年男人和老A，亲密地肩并肩站着，脸上洋溢着年轻人才有的光芒。

中年男人很快回来了，手里还端着一杯茶，他把茶水递给颜朗，坐到办公桌后面："你就在我这儿干吧，我不会亏待你的，其他的以后再说。"

就这样简短的几句话，开启了一条颜朗从未想象过的人生道路，盛源公司正经生意的幌子下面，隐藏着多少罪恶，有待他自己去感知。与罪恶打交道，迟早会有恶魔永久地驻进他的心魂，雕琢他，塑造他，锤炼他，融入他，最终让他成为一个全新的不为人所知的颜朗。

万事万物，若预测它的未来，也许它有无数种可能，可若回过头去看它的以往，就会知道，其实只有一条命定的路。

（21）

云阳北里拆迁的消息最终还是落实了，这一年，颜艺大四，已经拿到了加州大学伯克利分校研究生院的全额奖学金，只等答辩完毕飞赴美国。童岸倒是简单，留在自己学校继续攻读硕士，再熬三年，等俩人都毕业了，一切都会苦尽甘来。

拆迁的告示贴得云阳北里到处都是，人心惶惶，居民都在为拆迁补贴和安置的事情议论纷纷。辛奶奶看着院子里几个半大不小的孩子，一夜之间愁得更加苍老。

其实，云阳北里的拆迁来得并不突然。这里虽然是老城的市中心，但这几年新城发展迅速，大批的楼盘在西边的新城建设起来，老城区早就失去了往日的繁华，这里原来的居民，有能力的早就在别处买了楼房，谁还受得了上厕所还得跑公厕的日子？剩下的多数都是辛奶奶这样的老人，或者是外地来打工的租户。夏天漏雨冬天漏风还是小事，居民一杂，安全就是个大问题，幸福下晚自习的时候就被陌生男人尾随过，吓得她哇哇大哭，惊动了邻居大爷出来察看才脱险。这里早就不适合再生活下去，不过是因为无处可去，才将就了这些年。

又是一个初夏，津洲市的夏天来势总是凶猛，颜艺的毕业答辩就在两天之后，宿舍里人心浮躁，辛奶奶最近身体不舒服，颜艺干脆回家住，一面照顾家里，一面准备答辩。

夜里十点多，颜艺还在院子里洗小满和美美的衣服，突然响起了几声不轻不重的敲门声，颜艺心里一跳，最近云阳北里这边的治安不是太好，辛奶奶再三叮嘱她要小心门户，她不敢轻易开门，隔着铁门问了句："谁啊？"

半晌没人答应，颜艺以为对方走掉了，刚想回身，却听到一个熟悉的声音回答："是我。"

颜艺认出了来人，她打开大门，站在月色里的是许久不见的徐婉静。

她以为徐婉静会进来，侧身在一旁等着，徐婉静只是焦急地问："你哥在家吗？我打他电话一直没人接……"

"我哥出差去南美了，说是公司临时安排的，"颜艺看她一眼，低下头，"要不你进屋喝口水坐会儿，外面有蚊子了。"

徐婉静摇摇手，仿佛很累的样子："改天吧，我找你哥才来的。"她叹口气，肩上小巧的LV皮包和质感很高档的连衣裙摩擦发出沙沙的声音，"别跟奶奶说我来过，你关门上锁吧，我该走了。"

虽然对她说不上有好感，但颜艺还是回身拿了钥匙和手电，替她照亮坑坑洼洼的胡同小路，徐婉静一步步走得很慢。

出了胡同，徐婉静让她回去，别送了，颜艺停住脚步，不远处停着一辆豪华轿车，司机已经在原地等候。

颜艺目送她蹒跚登车而去，脑子里各种疑惑浮起又按下，她打着手电一路快步往回走，邻居家一声接一声的犬吠让她略微安心。

还未等得颜朗回来，童岸在毕业典礼之前就先抽时间赶回来了，颜艺刚答辩完，离最后的毕业典礼还有不到两个星期的时间，正好可以用来帮辛奶奶处理小院的事情。

辛奶奶反复考虑后觉得，还是找地方租个房子，暂时先搬出来比较好，临街的几条胡同已经有拆迁队的人来凿墙了，她们所在的胡同，也只剩辛奶奶家还没在协议上签字。这么拖着也总不是个办法，迟早会有搬走的一天，不如早做打算。

颜艺在视频里只跟童岸提了一句，没想到他上了心，抽空回来和她一起找房子。颜艺看见他风尘仆仆的样子，心里觉得，身边有个这样的男朋友，上天待她还不算苛刻。

两个人顶着日头在附近的各个中介那里转了一上午，能看上的房子房租太高，价钱合适的，又太破旧，甚至还不如云阳北里的环境，而且三个孩子都在上中学，还要考虑上学路程远近的问题。颜艺走出最后一家房屋中介，手里拿着一沓传单，也垂头丧气得不知该怎么办好了。

童岸也没想到找个房子这么难，在他眼里，这几年在房子唯一纠结过的是选择离学校近的公寓还是稍远一点开车二十分钟的独立屋，看着颜艺双鬓流下的汗，和一张晒得通红的脸，童岸好几次忍住了帮她负担房租的冲动，他清楚，颜艺的自尊不会让她接受无端的馈赠，哪怕对方是童岸也不行。

老居民区低矮的院墙，上面长满了爬山虎，在风里铺天盖地地生长着，巴掌样的叶子，层层叠叠，像是凝固的绿风。颜艺站在这片绿色之下，手指勾住一棵枝蔓，无意识地拽了拽，不知道在想什么，很踌躇的样子。

许久，颜艺才犹豫着开口："童岸，要不，就按你说的那样，我们暂时住到你家那个空着的房子里？"她看见童岸脸上有掩盖不住的喜色，正色道，"不过咱们先说好了，我们是要交房租的，也许我暂时拿不出这些钱，但是我迟早会补齐的。"

找房子的事就这样解决了，颜艺晚上回家跟辛奶奶简单说了一下，当然，她没说童岸和自己的关系，只说是一个同学家的房子，他家移民了，房子一直空着，这个时候愿意拿出来借给他们过渡一下。辛奶奶叹口气，拍拍颜艺的手："小艺啊，这个家多亏有你，不然该怎么办呢？"

也许人上了岁数，容易感伤，辛奶奶的眼睛里已经有了泪光，颜艺赶紧扶她躺下，坐在她身边："您别着急，这不房子已经找好了，过两天我去打扫一下，正好我哥也差不多该回来了，回头咱们就尽快搬进去。"

那套房子位于市中心的华荣豪景小区，寸金寸土的地方，离云阳北里不算远。童岸父亲当年开发这个楼盘时，特意给自己留的楼王位置，大三居，带一个极为宽敞的露台，装修之后一直没人住，偶尔有外地亲戚来津洲，家里不方便留宿的，就让他们住到那里去。这几年亲戚们来得少了，即使有也是当天来当天就坐高铁回去了，所以这套房子就一直空置着。童岸在家翻箱倒柜地找这套房的钥匙，不得其法，只好求助于老妈。李爱梅问儿子怎么想起要找这个，童岸知道这事必须有老妈打掩护，否则办不成。

他一五一十地跟母亲把事情的来龙去脉交代清楚，包括颜艺家现在遇到的困难、他和颜艺的关系，以及颜艺本人的情况。他本来就想找机会试探一下母亲的意思，毕竟两个人要想有未来，父母这一关始终是他要面对的。

如果说童岸心里没有担忧，那是不可能的，颜艺的身世和成长环境，很容易招来人们无意识的轻视，或者是可怜，童岸不想让来自父母的态度干扰到他们之间的感情。

李爱梅听完儿子站在那里说完这一通，脸上的表情很奇怪，童岸心里咯噔一下，他知道，让一向保守的老妈接受这些还是有些艰难。

童母坐下来，思量再三，似乎在斟酌怎么开口，许久她才抬起脸问童岸："你觉得你们合适吗？"

童岸有些着急："怎么就不合适了，你是不是嫌人家家庭条件不好？"

李爱梅也着急了，伸手在儿子头上轻轻一拍："臭小子，你妈是那种势利眼吗？你在全津洲市随便找，能比咱家有钱的女孩基本没几个，我也不在乎未来儿媳妇家是干什么的，可是……"

"那你是不是嫌弃她是孤儿？"童岸还是气呼呼的，他没想到母亲这么狭隘。

李爱梅不怒反笑："傻儿子，我是担心你，你学习不如人家好，现在人家读研究生，又是全额奖学金，你觉得你配得上人家吗，啊？你现在是把人家女孩糊弄到手了，以后呢，人家学成专家了，把你踹了你上哪儿哭去啊儿子？”

童岸简直要崩溃了，他的心情随着老妈短短的几句话，跟坐了过山车一样忽上忽下地翻了几个来回。不过老妈的担忧来自自己，这又让他觉得自己的眼光不错，就连老妈也是认可的，他信誓旦旦地保证，颜艺绝对不是那种见异思迁的人，她专一得很，除了学业，她最爱的就是眼前这个天下唯一、独一无二的童岸。

老妈痛快地把钥匙交给他，还问要不要带两个钟点工过去，那里很久没住过人，脏得很。童岸着急去找颜艺，李爱梅还在身后絮絮叨叨地叮嘱他哪天把女朋友带回家吃饭。

童岸此刻的心情，像是海上顺风而行的大船，鼓起明亮的风帆，喜悦又急切，他知道，他们会有一个美好的未来，而且这个未来是被祝福的。

第二天清晨，起风了。

昨晚就发布的暴雨预警果然如期而至。童岸开着车几次试着冲出去，雨刮器跟疯了一样来回摆动，前挡风玻璃仍然没有片刻的清晰。

颜艺在电话里不让童岸冒险出来，云阳北里这边积水很厉害，好几辆开进来的车都熄火了。辛奶奶说这场雨来得凶，但持续时间不会长，估计到中午就差不多了，童岸只好待在家里等雨停。

果不其然，上午十点多，雨势减小，等到十一点的时候，明晃晃的太阳已然挂了出来，天空一片晴朗，童岸抓起钥匙就往外走。

接上颜艺再到华荣豪景已经是下午两点，日头正烈，晒得两个人皮肤发烫。颜艺把一块巨大的抹布撑起来遮在头上，童岸手里拎着水桶扫帚，一溜小跑躲进电梯里。

打开大门的那一刻，颜艺几乎要惊喜得喊出声，宽大的客厅、整洁的家具、光洁的地板，推开卧室的门，三间整整齐齐的屋子收拾得一尘不染，看样子经常有人来这里打扫卫生。

奇诡的是，童岸在屋子里巡视一周，他觉得，这间房子似乎有人居住的痕迹——料理台上放着两只洗好的碗；水槽上的柜子里放着未开封的方便面，生产日期是一个月前的；更让他不安的是，屋子里就是有那种气息，活人在这里居住的气息。

他没敢跟颜艺说，知道她虽然胆子不小，可在一切都不清楚的情况下，还是尽量不吓着她。童岸从厨房出来，端着两杯水，看见颜艺正蹲在地上擦拭床头柜子，她瘦瘦的背影落在他的视线里，隔着夏天薄薄的衣服，能看见她起伏的脊柱。

颜艺晃晃悠悠地扶着柜子站起来，脸色煞白，童岸赶紧放下水："怎么了，不舒服？"

"我来那个了……"颜艺有些难为情，咬着嘴唇很小声地说，"肚子疼得难受……"

童岸很紧张："先别干了，你躺好，我来收拾，"他凑过来问，"我去便利店买些红糖和暖宝宝，你等着我。"

说完，他拿了钥匙和钱包，换了拖鞋出门，临走前还特意叮嘱她不要乱动，最好能小睡一会儿，颜艺嗔笑他磨叽，童岸也不恼，吹着口哨出去了。

颜艺歪在卧室里盹着了，正在半梦半醒之际，客厅里传来的动静吓了她一跳，她以为是童岸回来了，打开房门的那一刹那，瞬间惊醒。

颜朗尴尬地推开紧搂着他的徐婉静，他的脸上还有她鲜红的唇印，颜朗狼狈地抹了两下，掩盖不住满脸的讶异："颜艺，你怎么在这儿？”

颜艺还是愣在原地，她的大脑一时接受不了大量信息的冲击：酒店里的徐婉静和童志国、童家的房子、颜朗……她的脸色青了又白，白了又红，短短几秒，她就明白了这些纷杂乱套关系的来龙去脉。

这套房子本就是童志国拿来给徐婉静住的，也就是说，他在这儿金屋藏娇，藏的正是和颜朗痴缠的徐婉静。童岸不明就里，还以为这里空着，才敢自作主张地让颜艺一家住进来。

她张了张嘴，想说什么，却不知怎么说出口，三个人正在面面相觑，虚掩着的玄关大门被人气汹汹地一脚踹开了。进来的不是别人，正是童志国。

他满身的酒气，醉醺醺地扑过来，一把抓住颜朗的衣领：“狗东西，敢惦记我的女人，活腻歪了！”

冷不防一拳砸在颜朗的脸上，颜朗的眼角绽开，鲜血淋漓，看着可怕，徐婉静死命地拽着童志国，尖声喊道：“有什么你冲我来！我就是忘不了他，你除了有钱，哪儿比他强？”

这句话深深刺激了童志国，他松开颜朗，跌跌撞撞地抓住徐婉静的头发，死命地往墙上撞：“说，你肚子里的野种是不是他的？”

徐婉静额头肿起鸡蛋大的包，她勉强抬起脸，笑得有些凄惨：“我当初就是因为钱才跟你在一起的，你自己在床上那副德行，鬼才相信你能让我怀上，对，孩子就是他的，怎么样，你不就是想弄死我吗，你把我打到起不来床又不是一次两次了，你干脆弄死我好了！”

颜艺看着童志国猩红着眼睛，手上却加了力气，叫嚣着：“你当我不敢弄死你们？你放心，迟早有一天，你们这对狗男女，还有这个杂种，我都给弄死！”

徐婉静的脖颈在他的手指尖一寸寸地缩着，她的眼睛直直地朝天花板翻去，颜艺怕极了，这样下去徐婉静很快就会死在童志国的手里，她下意识地抓过茶几上摆放的花瓶，朝童志国的后脑砸了下去……

她只敢使出七分的力气，童志国头上吃痛，手上的力道也小了，他放开徐婉静，摇摇晃晃地朝颜艺扑过来，颜艺吓得呆在原地，颜朗找了纸巾捂住眼睛上流血不止的伤口，冲上来把童志国按死在地面上，刚要揍下去，清醒过来的徐婉静咳嗽着拉住他："颜朗，我们不能久留了，赶紧走！"

颜朗低低地咒骂了一句，不甘心地在童志国脸上拍了一下："老小子，今天不跟你计较，你以后敢动我妹妹试试，我就让你尝尝生不如死的滋味。"

说完，颜朗冲颜艺一摆头："别傻站着了，这不是你待的地方，快回家！"

颜艺这才反应过来，匆匆点了点头，收拾了东西慌慌张张地跑下楼。她没敢走远，童岸随时可能回来撞见这一幕，她站在不远处的花园里，朝大门方向不断地张望。

眼见着童岸的车驶了进来，颜艺也看到颜朗和徐婉静从楼宇门里出来，颜艺想都没多想，三步并作两步，急匆匆地朝童岸的车子奔了过去，童岸没想到颜艺会下楼，一个急刹车，他心脏吓得怦怦跳，刚想责备她不注意安全，见她脸色苍白，汗水淋漓，一双眼睛里写满了惊恐，又有些心疼，他跳下车子，给她拉开车门，看着她上车坐稳才开口："你怎么跑出来了，肚子还疼吗？也不看车，我差点儿撞着你……"

颜朗和徐婉静越走越近，颜艺没有时间了，她一把揽过童岸的脖子，狠狠地吻了上去，童岸被她突如其来的热情吓了一跳，又不愿推开她。颜艺难得在这种事上主动，她的嘴唇软而甜，像一块糯糯的棉花糖，童岸只觉得一阵阵热血在体内冲撞，找不到一个合适的出口。

他把颜艺的手松开，放在自己的腰上，嘴巴上却是一刻也不肯闲下来，颜艺的脖颈上有细密的汗珠，尝在嘴里是清新的咸味，亲了一会儿，他又觉得颜艺的手放得不是地方，腰上也灼灼地热，他握住颜艺的手，放也不是，不放也不是，正在踟蹰间，颜艺却往后一退，脸上还带着潮红的颜色，她推开童岸又要凑上来的嘴巴，微微喘着气。

颜朗和徐婉静已经出了小区大门，想是离开了，童岸看她一脸疲惫的神情，问她要不要上楼休息一下，颜艺想到童岸父亲还在楼上，不能回去，只好扯了个谎："肚子疼得厉害，我想还是回家算了，有时间再收拾吧。"

童岸心疼她，心里有再多的绮念，也只能生生地按下去，他掉转车头往云阳北里驶去，一路上没话找话地和颜艺聊天，颜艺只是恹恹地敷衍他。

到了地方，颜艺下车就直直地往胡同里走，童岸叫住她，递给她一个大纸袋，她打开一看，脸不由得红了，里头光卫生巾就有七八种，还有各式各样的姜汤红糖，够她喝一年的了。颜艺道了谢，转身想走，童岸一把抓住她的手腕。

他装作生气的样子气呼呼地鼓着腮帮子："你撩完我就跑啊……"

颜艺只好赶紧回身，四下看看没有人，在他的脸上蜻蜓点水般一吻，童岸仍不满足，侧过另一边脸，继续索吻，颜艺拗不过他，只好再次踮脚吻他。

耳鬓厮磨够了，童岸才放她回家，颜艺站在胡同口看着那辆法拉利的尾灯拐过弯不见了，才慢慢放下脸上僵着的笑，想到午后发

生的争斗，她心里五味杂陈，

刚才公寓里突如其来的一幕，伤害最直接最沉重的，无非是童岸母子，还有一层原因让颜艺无法对童岸启齿，这场闹剧的当事人，是颜艺的亲哥哥，她不知道该怎么对童岸说，自己的亲人介入了他父亲的婚外恋，是愧疚还是心虚，她也不知道，她只能选择什么都不说，拖得一时是一时。

正在发呆，有一只大手在她的头顶上胡乱地摩挲了几下，颜艺不用回头都知道是谁，她转过身，仔细地看看颜朗眼角的伤，那贴了一块创可贴，没什么大碍了，只是可能会留疤。她叹口气，问道："哥哥，你为什么会和婉静姐去童岸家的房子？"

颜朗的眼底涌起戾气，他没有回答，反问道："你怎么和童家的小子搅到一起去了？他是什么样的人家生出来的，跟他在一起你连骨头渣都不会剩！"

颜艺低着头不说话，颜朗心里最清楚不过，他这个妹妹，表面看上去对一切淡漠得很，但只要她打定了主意，十头牛都拉不回来，他推了推她，不耐烦地说："听见了没有，赶紧跟那小子分了！"

"那哥哥和徐婉静在一起又算什么呢？"颜艺仰起脸，脸上却满是讥讽的笑，"偷情？不对，应该是旧情复燃，可是人家已经是童志国包养的二奶了，她肚子里怀的，还是哥哥的骨肉，哥哥这样做不合适吧，我要是现在劝哥哥分手，理由似乎更充分吧！"

颜朗不可思议地看着妹妹，似乎不认识眼前的这个女孩儿，她一口一个"哥哥"，但没有一句不是含沙射影。颜艺的声音有些哽咽，她抬手擦擦眼睛："凭什么让我跟童岸分手，你们做了那么见不得人的事，凭什么让我来收拾烂摊子？"

她一把推开颜朗，飞快地跑回了家，只剩下颜朗还留在原地，怔怔地不知在想些什么。

童岸始终没来得及搞明白，为什么之前说得好好的，颜艺突然死活不愿意去他家空着的房子住了，任他怎么哄都不行，宁愿大热的天重新找中介看房子，就在这个节骨眼上，他家就出事了。

津洲市公安局刑警大队的人给童岸打电话，例行公事的口吻，让他去一下。童岸丈二和尚摸不着头脑，对方语气严肃，他不敢怠慢。

电梯打开的一瞬，浓重的血腥味弥漫在楼道里，童岸忍住恶心，拉住一个正在忙碌的刑警："我姓童，是你们的人打电话叫我来的。"

警察带他进了屋里，童岸尚未见到打电话的人，眼前的一幕已经让他呆愣在原地——主卧里的保险柜四敞大开，里面一沓沓的现金胡乱地散落着，珠宝首饰也扔在地上，地上趴着一个死去的女人，明显是受了严重的外伤，地上的血液在高温下变成了凝固的黑色，几名法医正蹲在地上取证。

这个女人他认得，正是徐婉静。

警队的负责人拍拍他的肩膀，一脸凝重："你父亲现在在医院，心肌梗塞，深度昏迷，正在抢救中，我们叫你过来是想问你些事情，希望你能配合。"

童岸一时喘不上来气，血腥气和倒在地上的女人，强烈地刺激着他的心脏，他终于控制不住，跑进洗手间哇哇吐了起来。

第二天中午，这桩凶杀案在津洲市传得绘声绘色，有人说华荣集团老总的二奶准备和情夫卷款私奔，结果正好遇上回来的童志国，童志国情急之下失手捅了二奶，自己也犯了心脏病，幸亏司机上来得及时，这才保住了一条命。还有人说，事情根本没那么简单，童志国已经没有生育能力了，但二奶还是怀上了孩子，两个人是因为这个事争执起来，童志国才拿水果刀捅的人。

各种传说或离奇或香艳，为津洲闲人们的茶余饭后增添了不少的谈资。童家这几天大门紧闭，谢绝了一切好事者。偶尔见到司机开着车进进出出，也是三缄其口。

案情远没有流言那么简单。童志国虽然捡回了一条命，但人也差不多废了，躺在重症监护室昏迷不醒，医生判断预后并不好，也许可能就此成为植物人。警方在案发现场的保险柜旁发现了一个牛皮的小笔记本，上面一笔笔清楚地记着童志国这几年给市政相关人员的行贿数目，以及涉及的人员名单。

这个笔记本仿佛一颗深水炸弹，炸得本来静水无波的津洲政坛一时间波诡云谲。一时间，凡是这几年与华荣集团有过来往、打过交道的，人人自危。同时，童志国在华荣内部挪用公款出境豪赌的事也被揭露出来，亏出来的巨额漏洞像是一张血盆大口，恨不能将童岸母子活生生吞下去。

童岸忙得心力交瘁，车子都变卖了，他最爱的法拉利，转手低价给了一个熟识的富二代；其他的豪车，托了中介全部卖掉，包括他父亲名下的住宅，都七零八落地折了现。他需要钱，需要大笔的钱，去替父亲交治疗的费用，还得请大律师帮着他父亲打官司。

从出事的那天起，童岸根本不相信自己的父亲会是凶手，虽然童志国脾气暴躁，但是杀人这种事，童岸绝不相信自己父亲能下得了这个手。他以前在外面有过很多女人，最后大多都是给了钱好聚好散，他犯不着对徐婉静下死手。童岸和警方的视线，不约而同地聚焦在一个人身上，就是和徐婉静相约私奔的颜朗。

颜朗身上疑点重重，警方在案发现场很多处都能提取到他的指纹和DNA信息，甚至清洁工也能证实，颜朗在案发前经常出入这所公寓。但颜朗矢口否认自己是凶手，只说徐婉静受不了童志国的家暴，想让他带她远走高飞，她去弄童志国的钱，颜朗负责接应她，其他的，跟他没有关系，他也一概不知。

童岸每天都要去ICU病房看看昏迷中的父亲，医疗费像流水一样扔进去，可童志国始终没有好转的迹象。母亲从没有经历过这样的事情，保姆们都解散了，她试着走出家门买菜做饭给儿子吃，没想到蹲守在门口的记者们上来就是一通狂轰滥炸，吓得她落荒而逃，再也不敢出门，每天只能在家等着童岸回来，带回一点点或好或坏的消息。

辛奶奶在知道徐婉静出事的那一刻，气血上涌，昏厥过去，颜艺和弟弟妹妹们七手八脚地抬她上了救护车。颜朗警告妹妹，这个关键时候不要再跟童岸来往，除非她想再看见她哥哥进监狱。颜艺咬着牙瞪着眼睛，任由眼泪哗哗地流，也不去擦，就这样恨恨地看着颜朗，她心里清楚，这件事情中颜朗脱不了嫌疑，可她能有什么办法。

趁着辛奶奶打点滴熟睡，颜艺从医院偷偷溜出来，直奔童岸家，到了才发现，大门上已经贴了封条，她向里张望，原本整洁的花园，早已凌乱不堪。颜艺给童岸打电话，却始终没人接，她不死心，打给薛司宇，薛司宇也不清楚童岸的去向，不过他知道童岸外婆家的地址，也许他现在住在那里。

颜艺一口气往城南奔去，她站在生锈的防盗门前时，汗水湿腻地黏在身上，她顾不得许多，敲了敲门。门开了，一张焦黄憔悴的脸小心翼翼地看着她。

“阿姨，我是颜艺。”

还未等她说完，童母迅速地打开大门，四下仓皇地看了看，赶紧把她拉进来。还没说几句话，童岸拖着疲惫的身躯回来了，一见颜艺在家，他的脸色一下子沉了下来。

个中的缘由颜艺心里清楚，她也很难过，人死不能复生，徐婉静死了，童志国也濒临死亡，这所有的一切都不是她造成的，可她又是最受牵连的一个，一边是深爱的童岸，一边是相依为命的兄长，她心里像是一片枯草，早就被无明的火烧得焦躁。

童岸叹口气：“你来干吗？”

她也不回避，直直地看着他：“警局传唤我，过两天我要去录口供。”

童岸打了个冷战，放下喝水的杯子：“我听说他们又找到新的证人了，小区附近有个小卖店的老板，信誓旦旦地说案发时你哥拖着个行李箱在他店里买烟。”

颜艺低下头没有说话，眼圈迅速地红了，童岸的语气里不无嘲讽，她听得出来，她也能理解，童岸急于为自己父亲洗清的心情。当年颜朗入狱，她也是为了哥哥四处奔走，可她还是受不了，他脸上的表情陌生得可怕。

“没什么事我先走了。”再待下去她也怕自己失控，颜艺决定离开。

他没有留她，送她到楼下，习习微风吹开搭在颜艺颈间的一缕碎发，童岸眼尖，看见一段黄澄澄的颜色。

“这是什么？”他有些眼熟。

“刚才阿姨给我的，说是……我戴着好看。”颜艺低着头，没敢说出“见面礼”三个字。

“哦。”童岸不置可否地点点头。他心里有些不是滋味，母亲说过，这条链子是当年父亲买给她的第一件首饰，她说过，要给未来的儿媳妇留着的。

颜艺看见公交车来了，跟他挥手道别，她踏上车的那一刻，童岸憋了许久的话，不说不行了："颜艺，你作证的时候，我希望你……"

剩下的话颜艺没有听清，公交车司机催促她赶紧上车，后面来车的巨大声响让她只看到童岸的嘴唇在动，颜艺下意识地点点头，大声说道："好的，我答应你！"

隔着玻璃窗，她在童岸的脸上看到了久违的熟悉笑容，颜艺冲他挥挥手，童岸伸出修长的手指，在自己唇上一碰，轻轻按在了玻璃窗上，颜艺坐着的位置。

汽车开动了，颜艺看着童岸的身影越来越远，越来越小，不知为什么，她的心里一阵惶恐，仿佛这一面，像是永别。

（22）

华荣集团总裁童志国杀二奶案并没有因为宣判的结束而减少热度，反而随着一系列事件的发酵持续成为津洲几个月来的热点话题。

就在华荣集团对外宣布由执行董事陈宝珠暂行总裁职务的那天，童志国的病情突然恶化，心肌严重缺血，最后因心力衰竭而死。童岸半夜赶到医院，踏进病房时，童志国已经彻底没有了心跳。

童岸没敢把父亲已经去世的消息告诉母亲，他和老冯一起送父亲去了火葬场。老冯因为身份的关系，需要在案件中避嫌，他尽量在生活上多照顾这对母子。童岸没敢把父亲的骨灰带回家，老冯说由他来安排，他带着父亲的骨灰盒回了老家。

童岸忘了是什么时候察觉出母亲的不对劲的，以前她爱打麻将，回来得晚，童岸知道她的睡眠极不规律，当他们搬出大宅后，童岸每次夜里起床，总会看见母亲呆坐在破旧的沙发上，一个人不出声地摸索着她忙乱中带出来的相册，里面有她的结婚照，他们穿着廉价的婚纱和西装，脸上一团喜气。还有童岸的百岁照，她和童志国在小照相馆里抱着白白胖胖的儿子，那时的童志国还年轻，没有钱，也没有那么多的祸事等着他。童岸不敢打扰母亲，这是她少有的宁静时光。

她精心收藏了很多年的首饰，一件一件地全变卖了，只留下那条黄金龙凤项链，她给了颜艺。童岸看母亲的眼神，以前是寂寞，现在更多的是绝望。

她去医院看过童志国一次，后来就再也没去过，直到他死。童岸隐约觉得哪里不对，可他要操心的事太多了，听证会、法院、医院，处处焦头烂额，母亲总是安静地待在家里，有时他回来一看，家里冷锅冷灶的，她又是一天没有吃饭。

只有在说起颜艺的时候母亲脸上才有些活泛劲儿，她只见过颜艺一次，却连着几天在童岸面前念叨。童岸不愿多想颜艺，又不想扫了她的兴致，只好听她唠叨，无非是以后婚宴要怎么办、生几个孩子之类的，仿佛她还是那个富庶之家的女主人，而不是一夜之间人财两空一败涂地的中年落魄妇女。

李爱梅的死来得悄无声息。夏日里难得有个清凉的早晨，童岸终于可以在没有空调的溽热屋子里睡个踏实觉，等他醒来已经接近中午，母亲不在家，他嘀咕了几句，起床去卫生间，推不开门，里面被人反锁了。

童岸以为母亲在里面，等了一会儿，里面静悄悄的，始终没有声响，他察觉出不对劲，一脚踹开门……

李爱梅倒在地上，手腕泡在一只盛满水的水桶里，暗红色的血让童岸忍不住想呕出来。

太迟了，即使老冯慷慨献出最大剂量的鲜血，李爱梅最终也因为失血过多抢救无效而死。抢救的医生认得童岸，前几天他父亲刚刚去世，没隔几天又是他母亲出了事，童岸仿佛灵魂出窍，一言不发地跟着他们，把一切该弄的手续办妥当。还是老冯，帮他料理了母亲的后事。

回家推开房门的那一刻，沙发上没有母亲孤单的背影，童岸才真切地感受到，妈妈也抛下他离开了，他一头栽倒在床上，床上有妈妈给他换上的干净床单的味道，床脚还有一沓他的T恤，整整齐齐地摆在那里。童岸终于忍不住，伏在床上哭了起来。

推开浴室门的那一刻，他特别害怕，母亲倒在那里，脸上的神色平静安详，仿佛睡着了。他心里明白，她胆子小，经不得许多事情，他这个做童志国儿子的也害怕，面对上门追债的人他也胆怯，可只要想到还有一个妈妈需要他去守护，他心里就还有支撑下来的勇气，而现在，连妈妈都放弃了他。

不知什么时候睡过去的，醒来的时候他脸朝下，枕巾湿漉漉的，窗外已是星月点点。童岸以为是错觉，门外有人在轻唤他的名字，他起身，再仔细听，又没了动静。

童岸懒懒地翻个身，门外的声音再起，这次他确定是有人在外面，他警惕地关了房间里的灯，悄悄摸到门口，小心地从猫眼往外看，愣住了，不是别人，是提着塑料饭盒、不停地挥手驱赶蚊子的颜艺。

他父亲和母亲的事，童岸没有跟颜艺提起，最近电话也打得少，多数是颜艺打过来，问他有没有吃饭、在干什么，童岸敷衍几句，她也就讪讪地挂了电话。

童岸拉开木门，隔着防盗门看她，颜艺冷不丁看见童岸站在阴影里，吓了一跳，赶紧笑了一下，扬扬手里的饭盒："我怕你没吃饭，给你打包这个来了。"

童岸冷冷地看她，他们兄妹有着一模一样的眼睛，都是长眉入鬓，看人的时候眼睛有些水汪汪的，童岸没来由地恶心，他的理智告诉他，颜艺是颜艺，她哥是她哥，不相干的人，可是身体上的反应明确地告诉他，他现在最不想见到的人，就是姓颜的两个人。

颜艺的笑僵在脸上，童岸没有表情地看着她，咣的一声，把木门摔上了。颜艺吓了一跳，不明就里，她扑上去使劲拍打防盗门："童岸，你开门，你快开门呀！"

童岸躲在门后听着她带着哭腔的喊叫，一动不动，她喊得声嘶力竭："童岸，你别吓我，我求求你，开开门！"

他佩服颜艺的耐力，她把硌手的门扇拍得山响，终于有邻居按捺不住，开门大喊："小点儿声行吗，家里孩子刚睡下，有完没完了？"

颜艺不为所动，继续拍门，出来的邻居越来越多，甚至有人想要上前教训她，童岸再也忍不住，拉开大门，打开防盗门，冷着脸一拽颜艺的手腕，把她拖进了房间里。

颜艺踉跄着站稳，努力适应屋子里的黑暗，她眨眨眼，看看手里的饭盒完好无损："你饿……"

还未等她说完，童岸觉得自己像是一只凶猛的兽，终于等到落进他嘴里的羔羊。颜艺挣扎着，童岸的力气大得可怕，他撕扯着她的衣服，颜艺咬着牙想推开他。

外面一道紫色的闪电，劈开了夜空，照得一室透亮，借着光，颜艺看见童岸的脸狰狞着，他的吻不再甜蜜温柔，他狠狠咬住颜艺的唇，痛得她眼泪都下来了。

她一声不吭地忍受着，童岸的动作并不温柔，仿佛一场带着恨意的劫掠。她不是没有想过两个人的第一次，应该是甜蜜的温柔的体贴的，可眼前的童岸眼里全是血丝，几乎是一个陌生人，颜艺控制不住地发抖，泪水流进了耳朵，渗入了鬓角，他的嘴覆上来，所到之处，凉得锥心刺骨。

折腾到后半夜，窗外轰轰隆隆的大雨终于下了起来，雨水像是瓢泼一般，打在窗户上，吓人得很，整个世界只剩下外面哗哗的雨声。童岸终于停歇，似乎是累了，伏在她的身上，一动也不动，颜艺直愣愣地看着天花板，不说话，脑子里不知在想些什么。

许久，童岸才支撑起身子，从床脚的裤兜里掏出一样东西，放在她摊开的掌心中："这是我家的钥匙，以后再来，自己开门。"

颜艺没有动，他叹口气，把钥匙放进她随身的小包里，在她身边重新躺下，伸手将她圈进自己的怀里："颜艺，刚才是我浑蛋……你别生我的气，好不好？"

她依旧不出声地睁着眼，童岸将头抵在她的颈窝，她身上永远有一种清香："我以后，会对你好的……"

颜艺偏过头，角落里放着一张黑白的遗照，是他母亲的，她听薛司宇说了，他母亲出事了。她一直联系不上他，心里焦急，怕他太难过把身体折腾垮了，才巴巴地买了他爱吃的饭菜找上门，没想到他会像失心疯一样对待她。

趁着晨曦微亮的黎明，两个人昏昏睡去。再醒来，已经能听得到楼下的市井喧闹。颜艺微微动了动身子，童岸还是那样搂着她，手臂松松地搭在她身上，想必是这几天伤心劳累过了头，依旧沉沉地睡着。颜艺伸手摸摸他下巴上新冒出来的胡茬儿，有些痒，也有些刺手，他睡着了的面容，依稀还留着十七岁时她初见他时的模样。

颜艺从他家出来的时候，防盗门发出轻轻的一声响，她怕惊醒了他。他醒了，她会更加不知道该怎么面对他，恨他还是继续爱他，她还没有想清楚，也不愿去想。

刚进胡同，颜艺就看见哥哥站在门口，指挥幸福和小满往停在小路上的货车上搬东西，都是一些过日子常用的，颜艺呆在原地，美美跑过来，拽着她的衣角把她往屋子里拉："姐姐，颜朗哥哥说给我们找到房子了，还是楼房呢，以后再也不用担心下雨房顶漏了！"

颜朗放下手里的东西，对她招招手："你来一下。"

颜艺心不在焉地跟他进了厨房，颜朗关好门，这才沉下脸问她："你一夜没回来，去哪儿了？"

她心头一跳，兀自嘴硬："我回学校住了。"

颜朗冷不丁给了她一个耳光，只使了三分力，却也火辣辣的。她捂着脸，眼泪唰一下下来了，颜朗气急败坏地指着她："你还撒谎？我昨天冒着雨去你学校找你了，你宿舍同学都说你不在，你还敢骗我？你说，你是不是和姓童的小子在一块儿？"

她猛地抬起脸，豁出去了："他妈妈割腕自杀了，因为他爸的事，我不能去看看他，是吗？"

颜朗心里吃了一惊，脸上依旧镇定："他妈死了，跟我们有什么关系？"

颜艺不怒反笑的样子让颜朗有些害怕："是啊，跟我们没关系，但是哥哥，你敢向死了的爸爸妈妈保证，徐婉静、童志国，还有童岸妈妈，三条人命，跟你一点关系都没有吗？你手上，是干净得一点鲜血都不曾沾染过的吗？"

说完，颜艺一扭身出了厨房，只剩下颜朗一个人呆在原地，颜艺的一字一句，像锥子一样扎进他的心里，刚出酷暑的天气，他却如同在寒窑里，寒气一阵一阵地往上涌。

不能让她再和那小子在一起，否则的话，唯一的妹妹迟早有一天会被带得和他离心离德。

他已经失去了徐婉静，绝对不能再失去唯一的妹妹。

开学的日子就在眼下，父亲欠下的钱是个无底洞，他还不完也填不满，英国那边的学费还没有着落，但是童岸不想放弃自己的学业，好在英国的房子父亲早早地写了他的名字，算是仅剩的一点财产。他准备把几个房间分割出租，再打份工，也许还能将就着把大学读完。

母亲出事的时候，薛司宇塞给他一张银行卡，说是存了几年的压岁钱，不多，让他拿去救急。他本想推开，薛司宇下了死力让他拿好，两个人几乎为这个打起来了，薛司宇眼圈红了，他说："不是白给你的，你以后还我不就好了，你要是不要，我也没脸走出这个医院了。"

里面的钱他只动了很小部分，买了回英国的机票，还有几天就要出发，童岸心底却是一片茫然，这个假期发生的一切，像是一场地震，又像是一场大海啸，劈头打来，那种窒息感，不是几个月能缓上来的。

一个家，就这样散了，甚至爱情也岌岌可危，颜艺那晚的眼泪，既凉得像冰，又炙热得像炭，他听见她关上大门的声音，恨不能一头撞死。

两个人仿佛掉转了态度，这几日他不断地给颜艺打电话，每一次都是未等接听就挂掉，发给她的信息也不回，他去她的学校找她，但是连骆雯都不知道她的下落。那一夜之后，她一点踪迹也没有给他留下。

长大后几乎没有搭乘过公共交通，童岸在手机上查了半天去云阳北里的公车线路，才鼓起勇气换了几次车到了地方。正值早高峰，车里暑气未退，人挤人，连脚都放不下去，有人在吃早餐，葱花的油腻味儿和着人身上蒸腾出来的汗酸味，实在不是什么好的体验。童岸挤下车，又步行了不近的一段路，才找到辛奶奶的小院。

他在门外站了许久，要不是早起送孙子上学的大爷大妈们，用好奇的目光一遍遍审视着他，童岸不知道要过多久才会鼓起勇气敲响大门。她还生气吗？她还会见我吗？她这几天是不是一直在哭？童岸的一颗心随着笃笃的敲门声七上八下的。

半分钟之后，终于有人吱呀一声拉开了大门，童岸刚想开口问，才发现来者不是别人，正是颜朗。

颜朗没有想到这小子还有胆找上门来，不由得冷了脸："颜艺不在家。"

"那她去哪儿了？"童岸不甘心白跑一趟。

"我有必要告诉你吗？"颜朗往前迈了一步，他本就站在门前台阶上，此刻更是居高临下地看着童岸，"我劝你一句话，以后离我妹妹远点儿！"

童岸眼睛里全是血丝，就是眼前这个人，让他家陷入万劫不复的境地，他咬了牙发狠："我要是就想带走她呢？我们远走高飞，你又能把我怎么样？"

颜朗听了，仿佛是一个天大的笑话，他嘴角带了一丝轻蔑："就凭你？你家现在是还有金山银山啊，还是豪宅大院啊，哦，不对，即使有的话，也得抵押给法院吧？"

童岸依旧不退缩，他往前一步，说道："要不是你做局，我家怎么可能到现在的地步？我现在没时间跟你计较，你等着，迟早有你还债的一天！”

“你爸有没有罪不是我说了算，证人的证词板上钉钉，你没法更改，”他脸上依旧有危险的笑意，微微弯腰，压迫般看向他，“你还不知道吧，颜艺在作证时说了什么，你想知道吗？”

童岸似乎被什么精怪摄了魂魄，一动也不动，只能呆呆地看着颜朗，颜朗像是在说不相干的事，语气极为轻松：“既然你们俩心心相印，我想我不妨告诉你她作证的原话。她回来跟我说，她告诉警察，在案发前三天，我跟童志国在那间公寓里打了一架，她在现场清楚地听到，你父亲说过，要弄死徐婉静还有她肚子里的孩子。”

“我不信……”童岸打了个冷战，颜艺怎么可能信口开河，那天明明是他和她在公寓里，没有第三个人在场。

“你信也好，不信也罢，反正这事确实发生过，颜艺没有说谎，警察们也没挑出破绽，你父亲的那句话正是他杀人动机的最好证明，他想杀死徐婉静，早有预谋。”

童岸还是摇头：“我不信，颜艺答应过我，她会帮我的，她不可能……”

他脑子里拼命回想那天发生的事，大脑里却是一片空白，颜艺突兀的吻，还有什么，他半点也没印象了。

“还有，有证人证明我案发时不在现场，那是铁证，你推不翻的，别老抓着我不放，有那时间还是想想怎么躲债逃命吧！”

童岸的脸色由白转青，又由青转为灰败，颜朗只觉得痛快，童志国死得太便宜了，好在他还有个儿子，让他替他爹受受活罪。

“还有，离颜艺远点儿，你也不想想你现在是什么身份，杀人犯的儿子，颜艺和你在一起，能有好日子过吗？我早就跟颜艺说过，少跟你来往，她不死心，是她傻，你不死心，就是你蠢了。”

童岸被戳中痛处，无明火顿生，他蹿起来一把薅住颜朗的衣领，一双布满血丝的眼睛几乎要看到颜朗的灵魂深处。

颜朗一副满不在乎的样子，继续慢条斯理地说：“女孩子犯傻，是一时糊涂，你是个男人，你也不想耽误了她，对吧？”

童岸一言不发，他不想再跟颜朗纠缠下去，颜朗就像一条毒蛇，幽幽地吐着信子，冷不丁就要咬你一口。童岸松开绷出青筋的手，鼓起勇气朝门里张望：“我要见颜艺一面，见完就走。”

“有这个必要吗？”颜朗嘿嘿一笑，“那天早上颜艺哭着回来的，说你欺负了她，她这辈子都恨死了你，永远不想再见你了！”

童岸的脸色一下子变得极难看，他瞬间懂了颜艺这几天躲着他的原因，在她的眼里他是这样的不堪。童岸转过身，跌跌撞撞地跑出了那条胡同。

耳边的风在呼啸，童岸跑得极快，空气快速地涌进他的肺里，就像一台快要跑到极限的引擎，刺拉拉地疼。他已经分辨不出，那一夜颜艺的眼泪是温热的，还是冰冷的，她究竟是一把将他从泥潭中拉了出来，还是永远地推了进去。

那天以后，童岸再也没有在津洲市出现过，他和关于他家庭的一切传说，随着时间的流逝，在这个城市杳无踪迹，总有新的都市传奇替代一段往事，秋风乍起，更是吹走了酷暑里发生的点点滴滴，再来一场不大不小的秋雨，把大街冲刷得不留任何罪孽的痕迹。

云阳北里的最后一户人家也签好了搬迁协议，颜艺站在胡同口，看着一排排的平房倒在推土机的利爪之下。这里本不是她的家，可她在这里度过了最珍贵的少女时代，狭窄的胡同、坑洼的路、斑驳的铁门，呵护着她，不致流离失所。

辛奶奶一家前几日搬到了颜朗安排好的住处，暂时有了栖身的角落，她去往美国的留学签证顺利办妥，机票也订好了，只等她放下这里的一切，飞往那个陌生的国度。

怎么可能放下呢，她又有什么可以放下呢？最终，这段感情她也没有牢牢握在手里，童岸以最决绝的方式，一言不发地从津洲市将近一千五百万的人海中，静静地消失了。

最初的几天，颜艺以为他心情不好，再加上她忙着照顾身体不好的辛奶奶，还要搬家，一时没顾上他，打过去电话，总是关机，颜艺叹口气，不知道自己是该朝他前进一步，还是该滞留在原地不动。等她察觉出情况不对时，时间已经晚了。

她拿着他留给她的钥匙，打开他家房门，厚重的窗帘遮蔽了外面灿烂的秋光。屋子里收拾得极为干净，像是从来没有人出现过。干燥温热的气息扑上来，她打了个寒战。

他走了，悄无声息地离开了，颜艺颓唐地坐在他家的沙发里，米白色的瓷砖地倒映出她落寞的一张脸。

后来的几天，每天下午她都来这里坐一会儿，沙发的这个位置，是他最常坐的，颜艺坐上去，仿佛还能体会到他留下来的体温。最后一天，她终于忍不住啜泣起来，直到现在她才承认，他连一句告别都不肯留给她。

同心一人去，坐觉长安空。

（23）

七年后。

童岸比约定的时间晚了半个小时，他匆匆赶来的时候，天上已经开始零零落落地飘荡起雪花。

这是入冬以来的第一场雪，颜艺按照童岸的叮嘱，把自己那辆扎眼的白色保时捷停在了附近的商厦地下车库，打车来了这片外地打工者聚集的平房区。

找到水电工的住处不是什么难事，大厦物业公司的电脑里有他登记的住址，问题是颜艺到了这一片才发现，那个水电工给的地址太模糊了，颜艺试着找了找，羊肠一样弯弯曲曲的胡同，再加上夜色已经渐渐落下，她不敢轻举妄动。

胡同里，四周凌乱地摆放着各种东西，垃圾随处可见，整个街道弥漫着一种令人无法忍受的臭味。颜艺早上出来的时候穿得少，冷风一起，身上寒浸浸的，伤口还在隐隐作痛，她从小药店买来创可贴，横七竖八地贴上，胡乱止住了血。颜艺捂紧了领口，蹲在一家生铁加工的门店口，老板家的小女儿看她穿戴整齐，不像是坏人，给了她一个小板凳，让她坐在屋檐下等人。

她闭上眼睛，冷风吹在脸上，困意慢慢袭来。双眼沉重不能支撑之际，一件厚重的男式黑色牛皮夹克外套出其不意地落在她身上。颜艺抬脸，漫天的雪花下，是童岸那张清俊而温和的脸，还有那双清澈的眼睛，她凝望着他，如同每一次她与他对视时那样的专注，两人有说不出来的千言万语，一切尽在不言中。

他伸手扶起她，替她仔细拍掉大衣上堆积起的雪："车上待会儿，现在天色还没黑透，你这样很容易被他们发现。"

颜艺没多说话，跟着他上了车，才发现他今天开的是辆黑色的桑塔纳，她把脸埋在衣服里，长长地舒口气。

童岸等得无聊，从裤兜里摸出一包香烟，磕出一根夹在手上，一扭头发现颜艺冷冷地瞪着他，他才想起颜艺讨厌烟臭，尤其是在密闭狭小的空间，只好掩饰性地咳嗽一声，把烟又装了回去。

“你确定地址没错？”

“你可以怀疑我的性别，但是不可以怀疑我的技术。”颜艺睁大眼睛分辨着车窗外路过的行人，生怕漏掉任何一个可能的人。

听到她还有心思说冷笑话，童岸的心放下了一半。雪花变得密集，刷刷地打在车窗上，童岸开动雨刷，在车窗上刷出两扇透明的窗户，没过一会儿，雪花又堆积起来，这样下去，很快就会什么都看不见。

童岸说了句“你等着我”，打开车门就要出去，颜艺下意识地拉住他的手，童岸一愣，她的手受了伤，血迹都没有清除掉，她的手掌是凉的，触及他温热的掌心，像是一块沁凉坚硬的玉。

两个人都愣了一下，颜艺打破沉默，她脱下身上披着的衣服，递给他：“外面冷，你穿上。”

童岸接过来，点点头：“你不要乱走，我先出去看看。等着我。”

颜艺透过雪覆盖车窗前留下的最后一小块透明的玻璃，看着童岸的背影消失在大雪中，她不是不动心，这七年来，每一次夜里哭醒，她梦见的都是自己抓着童岸的衣襟，哭着求他不要走，她的心里有个洞，全是眼泪腐蚀出来的。

但愿，颜朗和这一切都没有关系，是她多疑，是她胡思乱想，颜艺坐在越来越深的夜色里，给自己打气。

她抗拒不了越发浓重的睡意，她困极了，她想，我就闭一会儿眼睛，一小会儿，等童岸回来，一切都会好起来的。

不知睡了多久，车门打开的那一瞬间，凌厉的冷空气涌进来，颜艺一个哆嗦，从酣甜的梦中醒过来。童岸站在车门外，一脸紧张的样子，他张了张嘴，一团哈气在路灯的照射下喷出来，他说：“颜艺，跟我来。”

颜艺赶紧下车，外面的雪已经很大了，两个人的脚踩上去，咯吱咯吱地响。胡同里阒然无声，童岸拉她躲在拐角处的阴影里，颜艺知道他肯定发现了什么，也屏住呼吸静静地站在他身侧，他们的视线聚焦在右前方的一扇破旧的铁门上。

几分钟后，铁门吱呀一声推开了，出来了一个男人的身影，跟大门里面的人边说着什么边往外走，那个身影太熟悉了，以至于对于颜艺来说，出现得如此猝不及防。

是颜朗，他身上的那件短款羽绒服，清楚地展现在她的眼前。随后又出来一个中年男人，是消失多日的水电工，满脸殷切的笑容，借着胡同里昏黄的灯光，颜艺看见颜朗掏出皮夹，拈出一张银行卡，递给他，水电工点头哈腰地道谢。颜朗双手插进口袋，叮嘱了几句，准备离开。颜艺把身体往后一藏，躲过了颜朗无意中扫过来的视线。

颜朗顺着胡同往相反的方向离开了，颜艺觉得天气冷得不可理喻，连脚步都挪不动，好不容易攒足力气想走开，童岸拽住她，抬抬下巴示意还有情况。那扇大门虚掩着，慢慢地走出来一个上了年纪的老人，手里提着垃圾，小心翼翼地往童岸这边走来。

没有时间躲避了，童岸下意识地一把抱住颜艺，低下头埋在她的颈窝里，他小声地嘱咐，千万别让他注意到我们。颜艺轻微地嗯了一声，一双眼睛躲在童岸的肩下，可她忍不住，微张双眸，那个老人迎面走来，她仿佛又看见七年前，那个小卖部的老板，在公安局门口抽烟的样子。

只是他苍老了许多，驼了背，视力也不大好，在昏暗的胡同里

门，店员一直堆着笑把他们送出门口，还不忘提醒他们以后来买给“漂亮宝宝”用的婴儿用品。

重新回到车上，颜艺问：“一共多少钱，我从手机上转给你？”

童岸揽着她的肩，低下头蹭蹭颜艺的脸，笑道：“我给我未来亲家母买的，干吗要你花钱？”

颜艺想笑，可又不想让童岸看见自己失笑的样子，憋着笑扭头看窗外。他还记得他们四人两对之间那个幼稚的约定，以后有了孩子，同性就结拜为手足兄弟或姐妹，异性就结亲家，省得以后成为剩男剩女两家大人再跟着瞎着急。

童岸也笑，他不得不承认，刚才和颜艺一起被误认为幸福的小夫妻，说老实话，这种感觉很不错。他开着车，一只手还不老实地抓着颜艺没有受伤的左手，她掌心的温度实实在在地传递给他，不是在记忆里，也不是在梦里，而是真正地存在于他的手里。

那些美好的日子，像是指尖的沙粒，在阳光下闪烁着细微的光，他们想把曾经遗失的那些过往聚集起来，聚沙成塔，支撑他们把过去断裂掉的情感弥合起来。

颜艺和童岸就这样手牵手站在了骆雯的眼前，骆雯正在写手术报告，一抬眼看到这两个人，又是这样亲密的姿态，个中内情不言而喻。骆雯惊喜地大叫，颜艺不敢让她太过兴奋，赶紧安抚。

他们挑选的礼物骆雯很喜欢，二话没说就把防辐射服穿上了，童岸提醒说颜艺手上有伤，要处理一下。骆雯抬起她的手，情况不太好，化脓红肿，费了半天劲才清理干净创面，又给她开了消炎药，叮嘱她一定要按时吃，颜艺也嘱咐她千万不要累着，工作上的事别太拼命，毕竟现在是孕妇了，正说着，急诊那边又送过来一个危急病人，骆雯没说几句话就匆忙赶过去，颜艺和童岸知道她忙得不可开交，静悄悄地离开了医院。

外面晴空刚好，这几年北方的冬天难得能看见这样的蓝天，童岸牵着颜艺的手，两个人晃晃悠悠地走在冬日的湖边，当年年少的时候，津洲大学的湖面结了冰，湖面上经常有散步啄食的麻雀，童岸回国度寒假，他在机房外面等颜艺下课，最喜欢用面包渣喂麻雀，这是他打发无聊时光的好方法。

不知怎的，就想到了白头。

童岸觉得，中间隔了七年的时光，真是浪费，现在他能做的，只有快速地抓住身边这个女孩的手，问她，愿不愿意跟他远走高飞。

走得远远的，什么杜老板，什么颜朗、杜薇，都远远地抛在身后，只有他和她，他有一身的本事，不愁生计，颜艺愿意出来工作也好，愿意在家赋闲也好，随她喜欢，他们买一幢小小的房子，养两个孩子和一条小狗，人生中所有失去的被辜负的时光，童岸都要加倍补偿给她。

童岸捧住她的脸，深深地吻下去，他从没觉察过，自己对眼前这个女孩有那么深的依恋，即使在最恨她的时候，恨得也只不过是自己对命运弄人的无能为力，他又能拿她怎么办呢，从来都是她把自己吃得死死的。

想到这里，童岸觉得好笑，嘴上松动，颜艺不甘心地双臂揽住他的腰，嘟囔道：“童先生，吻我的时候，请务必专心。”

童岸把她拥在怀里，紧紧的，像是抱着此生最美好的梦。

周一上班的时候，颜艺的神情还有些恍惚，她端着咖啡杯往嘴边送，才发现杯子里什么都没有，小项进来送文件，顺便报告一些琐事，颜艺听着听着就神游天外，嘴角还不自觉地带上了一抹笑意，小项从没见过这样子的小颜总，她把文件在颜艺面前晃了一下，颜艺这才收回出窍的灵魂，轻咳一声，掩饰刚才的失态。

角落里早已不见潘悦安送的鲜花，最近也没有他的消息，想必是为他父亲的事情烦恼。想到他，就想起那张不堪入目的艳照，又想到她高度怀疑的发送者颜朗，颜艺灿烂了一上午的心情瞬间就不那么美好了。她窝进自己的皮椅里，摘掉黑框眼镜，揉揉酸涩的眼睛。

确实是太累了，这个项目远比想象中磨人，耗尽了她的脑细胞，颜艺不是怕吃苦，当年和老费赤手空拳打天下，吃过的盒饭方便面比手下这些小年轻见过的还多。再说，颜艺是苦出身，吃苦对于她来说，贯穿在她的童年少年青年，她已经习以为常，即使现在偶尔还会困得在厕所里睡着，她也只是用冷水洗把脸，出来再带着大家一起苦干，不为别的，就因为只有工作，才是她唯一的寄托。

七年，她没有义务等他，也没有谁强迫她等他，可颜艺觉得，两个人之间还有些事必须要说清楚，哪怕最后真的不能在一起，也不能就这样不明不白地算了。真正见到他了，才知道他已经不是回忆中的少年，对于童岸，她不是没有失望甚至绝望过，面对陈慕阳和潘悦安的攻势，说没有动摇，那是欺骗自己。

他们都有不能放下的心结，像横亘在这段爱情之中的残垣断壁，烽火已然消逝，但伤痕犹在，直到那天下午在冬日的湖畔，他对两个人未来的畅想，让颜艺有了从未敢有过的希冀。

他描绘的那种生活，太具有诱惑力，平淡的、安全的、朝夕相伴的生活，是她自幼匮乏的，动荡孤寂的岁月太漫长了，她只想安顿下来。

颜艺决定给她的爱情第二次机会时候，就像不顾危险，转身跑回到正在失火的房子里去，拿她的心爱之物。那种失而复得的心情，只有她自己知道。

也许这个决定，会把她与颜朗彻底割裂，但颜艺已经不在乎了，她只想为自己活一次。

宏达车厂里是万年不变的嘈杂和忙乱，童岸最近心情不错，难得边干活边哼着德沃夏克的《谐谑曲》。最近风平浪静。杜薇自从韩国旅游回来，只在车厂里晃过两下，这几天也没见她出现。听小平头说，大小姐这几天身体不舒服，杜老板疼女心切，还特意带她去的私立医院，说是感染什么病毒了，需要静养。

他还在等颜艺的答案，颜艺如果同意离开津洲，他马上就跟老冯打报告撤出，剩下的事不是他能控制的，如果说当年阴差阳错地进了这个车厂，顺道帮老冯调查走私案，那是义气上的事，那么现在他要面对的，是一个跨国贩毒组织，他不是傻子，哪个危险系数更高，他心里有数，再说了，老冯也没有强迫他，他有帮老冯的情分，但是没有帮他的义务。

只要颜艺点头，童岸马上着手离开的事，英国那边他熟门熟路的，过去之后等几年颜艺也可以入籍，再加上她是专业人才，更加有优势。他们是在苦水里泡过的人，就像蚂蚁一样，一旦嗅到蜜糖的气息，就会义无反顾永不回头地冲过去。

中午吃饭的时候，陈慕阳来车间里换水，自打上次打过一架，两个人之间没有任何交流，就像两支压下火的手枪，谁也不愿再挑起争执。

童岸埋头吃饭，吃得酣畅淋漓，陈慕阳把空水桶换下来，再把满满的新水换上去，这时候，童岸听见他轻声地自言自语："那件事，你考虑得怎么样了？"

童岸没有抬眼，依旧大口大口地吃着，陈慕阳等着他的回答，童岸偏不理他，陈慕阳看看四下无人，蹲在他的面前，语气里不禁有些恼火："你是不是觉得我们这个任务缺了你不行啊，告诉你，换了我，一样能把该拿到的信息都拿到。"

童岸咧嘴笑，那笑意里有轻蔑："是吗，我也觉得你能胜任，这样吧，这活儿你干，反正我也要跟你小艺姐去英国了，正好不想干了。"

仿佛一个晴天霹雳，打得陈慕阳头皮一凛，他根本不相信童岸说的话。颜艺和他断了来往也只有从夏末到初冬这短短几个月的工夫，以前两个人也不是没有闹过别扭，每次都是他瞎表白，把她逼到了无路可退的地步，她只能像鸵鸟一样把脑袋扎在沙堆里，等到陈慕阳再也不提这事，保证只是跟她开玩笑，她才愿意继续跟他来往。他的小艺姐，他少年时代唯一爱慕过的女孩，怎么可能会选择跟伤害过她的人在一起？他不相信，鬼才相信。

他想去泰格当面问问颜艺这是不是真的，只有她亲口承认或者否认，才能坐实这件事，可这又有什么意义呢，她承认，他痛不欲生；她否认，也不意味着他就有机会。这么多年了，真正的鸵鸟是他，他的沙堆不是堆在地上，而是堵在脑子里。

朔风吹得人恨不能瑟缩起来，陈慕阳的心脏缩成一团，他讨厌成事不足败事有余的母亲，讨厌假装无所谓假装成熟的自己，讨厌"陈慕阳"这个躯壳容纳的懦弱和虚伪。他就是喜欢她怎么了，如一个有海有景的地方，犒劳一下自己这副过于疲劳的皮囊。

当然，还要带上童岸，颜艺想到他赤裸着上身穿沙滩裤的样子，嘴角微微带笑，她伸手摸摸自己的脸，最近这是怎么了，脸上总有随时满溢出来的笑容，这不像平时的她，更不是那个除了工作对一切都冷淡到极致的小颜总。

颜艺想，是时候跟老费聊聊了，前两天他在微信上简单跟她说了一下离婚官司的判决情况，虽然算不上大获全胜，但基本上也没有太大的损失，颜艺好奇泰格股份的分配，老费神神秘秘地说等见了面细谈。颜艺想，老费肚子里的花花肠子，那长度和盘旋度可不是一般人能想象的。

正在办公室里神游天外，老费胖胖的身子一阵风似的从颜艺的门前刮过，她以为自己眼花了，再定睛一看，老费正开他办公室的门锁。颜艺想了想，悄悄地跟着他身后进了门，老费没察觉身后还有个人，弯腰撅腚在保险柜前翻腾里面的文件。

颜艺敲敲门："老费，商量个事儿呗？"

老费吓了一跳，他胖胖的身子调转过来，才看见来者是颜艺，老费抚了抚心口："可吓死我了你，我说你不给自己放个假，没事又跑来这儿干什么？"

颜艺朝天翻个白眼："卸磨杀驴是吗，过河拆桥是吗，项目完工了，你就嫌着我了，你看我都瘦成什么了，费胖子你有良心吗？"

老费作揖："颜总我错了还不成吗，说吧，想和我说什么事？"

颜艺靠在门框上，眼睛没敢看他："你说，我也老大不小了，万一有一天我跑去结婚，你觉得你能应付得过来泰格的运转吗？"

老费咧嘴笑："结婚是好事啊，什么时候办酒，我当证婚人，再给你掏娘家人的酒席钱。再说了，你是结婚又不是去出家，这跟上班不冲突啊。”

颜艺的眼睛没敢看他，她拨拨头发：“那个……我在想……如果我结婚的话，可能会移民，不会在国内了吧？”

老费一时没听懂：“什么意思？”

颜艺鼓起勇气挑明：“费哥，我是说如果真有那么一天，我想把我在泰格的股份出手，其实就是转给你的意思，你持有全部的股份，我退出泰格，嫁人去。”

老费怔住了，他的脸上出现迷茫的神色：“你要嫁人？嫁给谁？”

颜艺好笑：“我又不是卖给了泰格，现在泰格要上市了，自然会有比我更好的人来帮扶你，我急流勇退，不是更好吗？”

老费的神色严肃起来：“颜艺，你要是不满意上市的事，咱们好商量，说实话，泰格没有我，可以照常运转，但是没有了你，就说不好了。再说，你嫁人这事，你哥知道吗？”

颜艺咋舌，老费果然是老姜，颜朗是她的心结，她不敢贸然跟他提。老费看颜艺不语，知道其中必有隐情，他叹口气，拉把椅子给颜艺坐，又搬把椅子坐在颜艺对面，一副要长谈的样子。

颜艺及时摆手：“你别跟我说大道理，我都懂，可是你也要想想，我不可能拼死拼活干一辈子……你看我额头，都有抬头纹了，我还不到三十，可我老感觉自己跟六十一样。”

老费的脚蹬在椅子的横梁上，抱着双臂：“结婚有什么好的，你知道对方不是冲着你的钱来的？再说了，男人有几个好东西，远的不说，我和你哥都不敢自诩是好男人，我承认我在离婚这件事上搞了手段，不然你还想把你的股份转给我，做梦吧，咱俩都得站在楼下张嘴喝西北风。”

颜艺疑惑：“到底你这官司是怎么打的？”

老费哼了一声：“你呀你，还结婚呢，你要是被人卖了都还乐颠颠地给人数钱呢。是，当年说好的，你出技术我出资金，泰格咱俩一人一半，可是你都忘了，一年前我让你签过一份股权转让协议，你忙得四脚朝天，估计也没往脑子里去，你自己先想想，那份协议是什么内容？”

颜艺摊手：“忘了，没印象。”

老费恨铁不成钢，又是一脸得意之色：“那份协议的内容是，我把所持有的泰格股份，转让49%给你，这样，你持有99%，我只占1%。这份协议没有公开，除了律师只有咱俩知道……结果你猜怎么着，我前妻的律师在法庭上要求分割泰格的股份，你是没看见她律师志在必得的样子，她以为能拿走25%的股份，结果怎么着，一查工商局的备案，我名下只有1%，还想着25%呢，做梦吧！早就看出她不是善类，结果栽了吧？”

颜艺看着老费满脸跑眉毛的样子，只觉得滑稽之极，老费心思缜密到这样的地步，如果他掉转枪口对准自己，那她的下场势必比他前妻还要惨。

老费察觉出颜艺的戚戚之感，拍拍她的肩头：“幸亏你哥给我支了这么一招，预防着这一出离婚大戏，挺损的，我承认，我也是不得已，我知道儿子不是我自己的种时，真是感觉天都要塌了，她能算计我的钱，我凭什么不能摆她一道？所以说，颜艺，结婚是大事，你我不是每月拿几千块钱的小白领，哥哥我在婚姻上差点吃大亏，你也不能掉以轻心，我是男人没什么，结几次婚照样一条好汉，你不同，你好端端一个女孩子，没理由让别人惦记你傍身的那点儿钱。”

颜艺还想说什么，老费做了一个“打住”的手势：“我也没别的话了，你和颜朗，一个是我好搭档，一个是我好兄弟，你俩已然吃过不少苦头，我不愿你们再被人算计。我费思明算不上好人，但对你们，我还是讲点义气的。我劝你，回去再想想，最好和颜朗商量一下，不急于这一时。”

颜艺只好苦笑，老费的话足够掏心掏肺了，她无话可说，只好站起来：“我再考虑一下吧，还有，你转给我的股份赶紧拿回去，我玩不转这么多。”

老费的小眼睛精光一闪：“不着急，你哥嘱咐我等过了对方的上诉期再说，万一要是杀个回马枪，我们的全盘计划就泡汤了。”

老费的话久久地盘旋在颜艺的脑海里，她本来是藏有私心，童岸对她描述的那个梦一样的未来，颜艺想，泰格已经不是她人生中最重要的部分。可老费这个对世事极为精明、老于世故的人，从她的角度推心置腹地说了这些话，颜艺不是不感动。

颜艺没有想到的是，哥哥竟然早早就安排好了如何面对可能出现的风险，他说过不会让她和老费打下的江山白白落于别人之手，她只当随口一说，没想到他早就鼓动老费在泰格股份上做手脚，虽然目的是对付老费前妻，但也足可以看出他对颜艺的爱护，她在未来某一天可能会面对的问题，颜朗早就帮她想到了。

还有老费，笃定这个小妹妹是他可以托付全部身家的人，颜艺觉得，老费说的话，虽然直男癌了点儿，但也不是没有道理。她有什么呢，只有这一双手，拼死拼活打下泰格的半壁江山，才有了眼下富足安稳的生活，这是她一生所求，如果要让她放弃泰格，不论是为了一个未知的职位，还是为了一段未知的生活，她真的能放弃吗？

颜艺坐在车里发呆，眼前正是下班晚高峰最拥堵的时段，收音机里的一条本市新闻在某个瞬间激发了她的好奇心，颜艺把音量开关调大。

“据津洲市纪委消息，津洲市最高人民检察院检察长潘启文涉嫌严重违纪，目前正在接受组织调查。”

再见潘悦安，眼前的这个形神萧索的男人，已然不是颜艺印象中那个玉立倜傥的轻熟潘少。咖啡厅高大的绿植枝叶，掩映着他暴瘦下去的身材，越发显得神情靡落。

他说，自从那次收到艳照之后，他就按兵不动，对方在暗处他在明处，也不敢轻举妄动，本来消停了些日子，没想到半个月前他的邮箱里收到来自同一个地址的视频和照片，更加的不堪入目，包括一些账户上的往来数目，都在压缩文件中。潘悦安是学审计出身的，再加上长年在财政局担任要职，自然懂得里面的利害关系。

可是他又能怎么办，党纪国法在那儿摆着，父亲比他资历老得多，这种违法乱纪的事会有多大的后果，父亲比他清楚。潘悦安研究完那些资料才知道，父亲陷进去的程度要比他预想中的深得多。

仅收受贿赂这一项，就让他脊背发寒，潘悦安这才悟到，如果仅凭父亲的工资和津贴收入，这个家当然也可以维持在一个相当不错的生活水平，可是父亲有一些花费不小的爱好，光他知道的，父亲最心爱的那根进口钓竿，就接近十万，还有他那些印章、字画，虽然他不懂，但也隐隐知道，父亲收集品里那张黄宾虹的小幅山水图，现在的价格也接近津洲市黄金地段两套房的价钱。

颜艺听他一字一句说着事情的来龙去脉，他是个极有逻辑极有条理的人，难得在家中发生这样大的变故时，还能细细剖析前因后果，她敬服他的镇定和理智。

他说，颜艺，这种手刃自己亲人的痛苦，但愿你永远不会感受到。

潘悦安匿名举报了自己的父亲，纪委的动作很快，潘启文在半个月后的一次集体会议上被秘密带走，现在案件还在调查之中。

他的手指微颤，眼睛却定定地看着她，苦笑："颜艺，我以前一直以为自己是让父亲骄傲的儿子，可是这一次，我让他失望了。"

颜艺握住他的手指，不知道该说什么，潘悦安似乎在自言自语："我只是想在亲人快要坠入悬崖的时候，拉他一把，我怕他跌得更深，再伸手也抓不住他了。"

他说这话让颜艺想起那些邮件的发送者，她何尝不是看着颜朗一步步滑入泥淖，她知道自己，她没有潘悦安的勇气。

临离开的时候，潘悦安拿起挂在椅背上的大衣，对颜艺说："有时间去人民医院看看我妈吧，她在我爸出事后高血压犯了，现在人人对我家避之不及，她心里明白，心情一直好不起来，我劝了也没用，我想她还是欢迎你去的。"

"那你呢，你有什么打算？"

潘悦安的脸上有迷茫的笑："还不知道，走一步算一步吧，老子出事儿子也好过不了，放心，多坏的事我都能承受。"

颜艺起身陪他出去，站在咖啡馆的门口，冬日瑟瑟的阳光打过来，看得清潘悦安脸上的胡茬儿，颜艺不忍，探过身抱了一下他的肩膀，她还记得那个关于感情的约定，他们互相之间有意避开这个话题，是为了彼此的尊重。

潘悦安也轻轻地回抱了她一下，很多事情他不再强求，包括曾经对颜艺的期望，现在他觉得两人维持在朋友的界限，对谁都是个好事，他父亲的事势必要牵扯进很多人，他不希望颜艺也搅进来。

他在她耳边轻声说："颜艺，我能察觉，照片的事上你对我有所隐瞒，但你没有恶意，也许你也想要保护你珍爱的人，可惜的是，我们是纸，他们是火，纸是永远包不住火的，希望你能清醒。"

颜艺的手臂僵硬，她缓缓地放下来，却不知该说些什么，只能任由寒风卷起尘土，扑打着她的衣襟。

第二天闲来无事，颜艺去公司处理了一些琐事，然后下楼驱车到了人民医院。总觉得看望病人不能空手，买水果买营养品又显得俗气，抬头看见花店，颜艺脑子一转，挑了一大把鲜亮明艳的向日葵，让店员再配些别的鲜花包装好了，捧着径直进了医院。

本来以为潘母会住在上次她住的那层高级病房，结果去了才发现扑了个空，只好返回候诊大厅的服务台，报上潘母的名字细细查了，才发现潘母住的不过是普通的三人间病房。颜艺乘着电梯而上，找到潘母的病房，她透过窗户向里张望，病房里多是别的病人的家属，角落里一张病床上，孤零零地躺着潘母一人。

她一时间有些踟蹰，不知道该不该进去，从潘悦安的言谈里，她知道潘母曾经是小有名气的歌唱演员，虽然没有大红，也曾是远近闻名的红人。颜艺能体会潘母多年的养尊处优，一时间丈夫犯了事，家中从门庭若市到门可罗雀，个中滋味想必不会好受。

查房的医生见她堵在门口，不耐烦地请她让让，颜艺跟在一群白大褂身后进去。人多，潘母精神不好，没认出她，医生们检查了一下，主治大夫讲了一下病人情况，一个上了年纪的大夫问家属在不在，潘母刚要摇头，颜艺赶紧举手："在，在这里。"

主任交代了一下家属要注意的事项，饮食、用药之类的，还比较客气地让她去收费处交一下钱，颜艺喏喏点头。医生们刚离开，潘母就挣扎着起身，一把攥住颜艺的手："孩子，大冷的天，你怎么来了？"

颜艺笑着："伯母，我听悦安说您身上不太好，来看看您。"说着，她找了一个空的玻璃杯，把花插进去，"不知道您喜欢什么，给您带了束花，盼着您精神头好点。"

潘母热泪盈眶，颜艺帮她调整一下病床的角度，她攥着颜艺的手不放："小艺啊，潘家遭了难了，不知哪个挨千刀的，把你潘叔叔告了，可怜老潘这辈子，没跟谁过不去啊，怎么到老了，就被人给算计了呢？"

颜艺没敢出声，只是笑着坐在床边，握住潘母的手："伯母，您想吃点儿什么，我给您弄去，福满楼的清粥小菜，还是让他们给您下碗龙须面？"

潘母摆手："不用不用，小安的堂姐早上给我打饭了，我吃过现在也不饿，"说着潘母的泪水又要下来，"小艺啊，悦安是个好孩子，他有大好前途，不会因为他爸爸的事受影响的，我就是放心不下他，你说好端端的，家里出了这么大的事，可千万别影响你们之间的感情啊……"

潘母觑着颜艺的脸色，像是怕挨老师批评的小孩子，颜艺不敢有异色，依然笑着："您好生养着，伯父的事已经这样了，您再累坏了身子，不是更让悦安担心吗？"

潘母看她的神色，略微放心，颜艺没待太久，潘家请的护工进来了，她不方便多坐，嘱咐了几句便告辞出来，潘母恋恋不舍地抓着她的手，一再叮嘱等她出院了，一定要来家里做客。

冬天的风掀起她柔软的羊绒大衣，衬得颜艺像是一只振翅欲飞的候鸟。她在收费处交完潘母的药钱，缓缓走出医院，漫无目的地在大街上走。

她向来不喜欢想方设法地奉承讨好别人，天性使然，她觉得与其顶着一张虚伪的面具，不如痛快地做自己，即使孤独，也认了。看见潘母的那一刻，潘母脸上的慌张无助让她心底没来由地难过，她很想知道，是不是每一段欢愉的时光，都是用背后说不出的悲凉换来的。

即使家里现下这样艰难，潘母还惦记着未成家的儿子，生怕潘悦安的姻缘受到干扰，慈母之心，无法不让她动容。颜艺走过一个街角，想起另外一个拼死也要保护儿子不要和她这样“身世不明”的女人来往的母亲，陈慕阳的妈妈。

她现在有些理解她们了，也许在母亲的眼里，孩子的婚姻大事是重于一切的，当妈妈的有责任有义务为孩子挑选合适的人选，即使未必是孩子最心爱的人。颜艺心底有些苦涩，如果她的妈妈也还在世，是不是也会这样，替她到处张罗优秀的男生，给他们测八字合婚，一天到晚唠叨东家的儿子西家的小子，也会偶尔跟她絮叨拌嘴？

可惜她和颜朗没有这个福气，家已经散了，父母也成了西山陵墓中安睡的一对故去的年轻夫妻，他们一生呵护的儿女，经历过怎样的命运，受过的罪、吃下的苦、享过的福，他们都不会知道了。

想到颜朗，再想到出事的潘启文，颜艺感觉寒气从指尖开始蔓延，像一只吐着森森芯子的毒蛇，顺着手臂游走，让她毛骨悚然。胡同交易的那一幕，让她不寒而栗。

七年前的童家、七年后的潘家，一商一官，他们在遇到颜朗后，无不遭遇了巨大的坍塌和陷落，也许他们是罪有应得，可颜朗的手，也不是干净的。

她佩服潘悦安壮士断腕的勇气，和大义灭亲的果决，可她还是犹豫，一旦她插手，她和哥哥之间就再也不会有任何的信任，她怕由她开启的厮杀，会把他们之间仅存的亲情，送上一条不归路。

回到宏达车厂，童岸换好工装准备上班，去饮水机处接水时，发现车间里的水桶多日没有人来换水，是空的，童岸低低咒骂一声陈慕阳办事不地道，撒手一撒连水都不管换了，只好去杜老板门口走廊上的那个饮水机处打水。

他刚摁下饮水机的按钮，杜老板的办公室里就传来一声喝骂，外加桌子上的东西被掀翻的声音，杜老板在用脏话骂着什么，夹杂着左军的辩解。童岸本想躲开，可他们吵架中几个关键的字眼还是不断地钻进他的耳朵里。

撞死个条子、货车、京津唐高速、安排司机跑路了。

童岸头皮发麻，背上寒毛奓起。

他停止接水的动作，悄悄匿在办公室磨砂玻璃门旁边，听得更加清楚，也听出了端倪。

老冯出车祸的事，根本不是一场意外，那个所谓的疲劳驾驶司机，是左军手下的小五鬼安排好的人，本来是想给老冯个教训，没想到下手重了，把老冯撞死了。

这事他们做得天衣无缝，货车司机没有任何的案底，那段高速夜里晨间也容易起雾，这是众所周知的，所以除了疲劳驾驶这一点，警察们翻遍天，也查不出什么破绽。

童岸周身的血液像是灌进了带着冰碴的烈酒，忽冷忽热地在身上发作，玻璃水杯被他捏得快要爆炸，恨不能冲进去朝杜老板的胖脸狠狠地揍下去。就在这时，童岸的手机一声清脆的叮咚声，让办公室内外的三个人顿时神经一顿。

里面的吵嚷瞬时停止，童岸听到杜老板沉重的脚步，一声一声，朝门口走来。

只有几秒钟的时间，童岸来不及脱身，那脚步声像是沉沉的鼓点，砸在他的神经上。

就在这时，杜老板的手机响了，那脚步声随着铃声的响起而停住，杜老板站在原地接电话，没有再往前行进，童岸长舒一口气，大冬天的脑门上竟然沁出细细的一层汗。他看四处无人，转身顺着走廊往外蹑手蹑脚地走去。

刚转过身，还没来得及抬腿，玻璃门咔嗒一声拉开，童岸整个人暴露在左军和杜老板的视野中，童岸心道一声“不好”，大脑一片空白，整个身体仿佛被毒蛇一样的两双眼睛咬住了，动弹不得。

杜老板放下尚在耳边的手机，冷冷地问他：“小童，你在这儿做什么？”

童岸的心脏跳得像轰鸣的马达，他强作镇定：“我来接水，顺便想问您一句，什么时候方便，我想去看看薇薇，听说她病了，打她手机也不接。”

杜老板的神色瞬间缓和下来：“你什么时候站在门外的我也没听见，跟我还客气什么，进来说话。”

童岸看着他和左军脸上依旧留着的狐疑，故作轻松：“我刚走到饮水机这儿，想顺便接杯水，听见您电话响了，还在考虑要不要敲门，左大哥就把门打开了。”说完，他晃晃已经见底的玻璃杯，表示自己确实还没来得及接水。

杜老板和左军相视一眼，他干笑一声：“薇薇最近状态不太好，也不愿出门见朋友，当然，你愿意去看看她我很欢迎，”杜老板的声音里有掩饰不住的焦灼和疲惫，“改天她心情好点儿你再跟她联系吧，有空咱爷俩再好好坐下聊聊。”

说着，杜老板的小眼睛转动着，似乎在打什么主意，左军抿着嘴不言语，童岸赶紧借口还在修机器，快步回了车间。

再拿起电焊工具，手抖得像是筛糠，童岸试了几次去焊上一个脱落的接触点，都没有成功，他干脆扔下工具蹲坐在地上。

这种恐惧来得巨大而凶猛，像是一只饿极了的野兽，几乎将他吞没，连骨头渣都不打算留下。

顾不得手掌上的油渍，童岸把脸深深地埋进掌心中。鼻尖上的汗水濡湿了手心，像是手心里流出的眼泪。

老冯是他们害死的，那么好那么仗义的老冯，就这样白白死在了杜老板的手里。

童岸的脑海里浮现出老冯女儿那张瘦瘦的小脸，还有陈慕阳跟他说过的话——他们几个同事小心翼翼地拉上拉链，帮着医生把他塞进那个冰冷的格子里，老冯太沉了，几个人抬不动……

那个染了血的信封在眼前挥之不去，像是一朵暗黑色的花，扎在他的心头。童岸再抬起脸，车间里的白炽灯，亮得刺眼，更是刺心。

他知道该怎么做了，不为自己，而是为老冯，老冯失去的，童岸要从他们手里讨回来。

杜老板最近的日子不好过。

左军带来一个糟糕的消息，有个条子似乎发现了他们的行踪，当然，还不能确定警方了解多少，小五鬼他们怕招惹出更大的事端，跟了那个条子几天，摸到了他的行动规律，安排好手底下一个没有案底的人，把那个姓冯的条子干掉了。

杜老板大为震怒，他严密控制的组织，竟然能在他的眼皮底下出这样的事。小五鬼是左军的下线，左军又是他的左膀右臂，他曾经最信任的人，搞出了大乱子。这么多年，他躲警察还来不及，现在可好，左军自己作死，往枪口上撞。

屋漏偏逢连夜雨，年底本来是出货的好机会，可是给杜老板提供“货物”的那个中间商说，今年南美那边的生意也不好做，“货物”减产得厉害，要想保持跟去年一样的供货量，得加钱，而且是大价钱。

杜老板愁得几乎一夜之间白了头，小五鬼惹出这么大的祸端，搞不好警方已经把视线转移到他的身上。越想越后怕，左军他又不能骂得太狠，逼急了他也没什么好处，兔子急了还咬人呢，更何况是羽翼渐丰的心腹呢。杜老板阴沉着脸，目送左军出去。

现在的问题是，要尽快培养自己的接班人，真正的、永远不会起异心的接班人。他站起来在办公室踱步，刚才发生的一幕又在眼前浮动。

他宁愿相信刚才只是一个巧合，童岸出现在了一个谁也想不到的时间里。不过，童岸刚才的那番话，确实让他有些摇摆。

杜老板锁上办公室走出去，站在车间窗户外，暗暗打量工作中的童岸，目光里有赞许，甚至还有一丝怜才的期许。

（26）

还未到年底，窗外有人早早地放起了烟火，童岸把密闭的窗帘拉开一条缝隙，他知道颜艺喜欢看这个。

颜艺空着的那只手抚上童岸清瘦精壮的裸背，上面有一道粗粝的疤痕，她轻轻地来回摸着，这条伤疤，也长在她的心上。

童家败落的速度不亚于泰山倾倒。童志国在津洲商场十几年，他强势凌厉的商业作风让他四面树敌，其中也不乏誓要铲除他的人。豪车豪宅全都拍卖抵债了，还不上的钱，只能靠躲，童岸带着母亲东躲西藏地过日子，还要照顾父亲的官司，难免会有疏忽，被仇家堵在了小胡同，如果不是夜里遛狗的大叔撞见那些人行凶，及时报警，童岸身上留下的就不会是一条伤疤，很可能是终生的残疾。

她懂他的怕，颜艺也经历过动荡的日子，她贴心贴肺地知道那种恐怖，父母去世，来讨债的人龇着黄牙在他家抽烟，还有人四处翻动家里那点儿不值钱的家当，颜艺只会一声不吭地躲在哥哥的身后，瑟缩着，咬紧了牙不能哭出声。

童岸伸手把她抱在怀里，颜艺光洁的脖颈上微微一凉，她低头看，是条龙凤项链，她跟童岸争执时被他拽掉，此刻童岸笨拙地替她戴上，低着头，闷声闷气却又一本正经地说：“对不起，那天不该那样对你，我以后再也不会惹你生气了。”说完偷瞄着颜艺的脸色，想笑，又赶紧低下头。

见颜艺不说话，以为她真生气了，他赶紧伸手摸摸她的脖子：“是不是真的很疼，我也没想到我当时下手会那么重……要不，你拿根绳子勒我一次，让你出出气，好不好？”

看着他可怜巴巴跟条讨好的小哈士奇一样的表情，颜艺终于憋不住，扑哧笑了，伸手拽拽他的短发，颜艺轻声说：“好了，我不生你气了，但是你要答应我，未经允许，不准再次玩儿失踪，不然我就要家暴你了。”

她示威般挥挥拳头，童岸把她的双手紧紧揽在怀里："不敢了，有人惦记我的好东西，我得看住了。"说完，在她脸上狠狠地吻了一下，脸上是无限满足的笑容。

她曾经深爱过的少年，也深爱着她。这么一想，她的心就静了。

第二天上午，童岸正在和小平头商量一个客户的稳定控制系统的改造方案，左军气急败坏地冲了进来，后面还跟着杜老板和沈先生。左军不顾众人的眼光，上前就要抓童岸的衣领，童岸冷冷地躲过他，左军继续挑衅："你背后暗算老子，今天老子就让你们看看，谁才是真正的小人！"

童岸心里明白了三分，他不动声色地看着杜老板，杜老板的脸色阴沉，还是沈先生打破了沉默："去办公室说，不要惊动了大家。"

左军哼了一声，转头往里面走，童岸慢慢地跟在他的后面。

进了办公室，杜老板坐定，掏出一个崭新的信封，扔在办公桌上："物证人证都在这里，左军，你还有什么可说的？"

童岸看着信封，更加笃定。他找机会把老冯留给他的照片重新整理好，塞给杜老板的时候，就知道眼前的这一幕迟早会发生，他没有作声，冷冷地看着左军。

"这能说明什么，我只是跟人家喝个茶吃个饭，要不怎么做事？现在生意这么不好做，你们以为躺在家里就能把货卖出去？"左军有些心虚，眼睛不敢看杜老板。

沈先生和颜悦色地说："左军啊，你先喝口水，有什么事慢慢说。"看左军神色稍缓，沈先生才不疾不徐地接着问他："那童岸跟我和杜老板说的，账头上面丢钱的事，你怎么解释？”

左军一听，面色灰败，知道一直藏着的事终究被童岸抓到了把柄，但嘴上依旧强硬：“他胡说！他是想上位，看我挡了他的路了。他想搞掉我，才诬陷我！”

童岸平静地说：“左军哥，我也是公事公办，毕竟这是杜老板的生意，咱们只不过是帮着打理，我也没有藏私心的道理……这事不能怪我，你交给我的，本来就是一本烂账，我费了好大精力，才理清楚，那些你没报给杜老板的发动机都去哪儿了？”

童岸上前两步，指着桌子上的照片，闲闲地说：“你看，你跟远同县姓张的客户吃饭时，是不是答应私底下卖给他五台奔驰发动机，而这五台发动机你是按报废品记录进账目的，一个发动机十八万，不多说，你按十万一台卖出去，你能赚多少进你自己的腰包，算过吗？你把这么多钱吃了，可是连个嗝都没打啊！”

办公室里没开暖风，左军鬓角却是汗涔涔的，他怎么也没有想到童岸能够心思缜密到这种程度，他有些语无伦次：“你这是瞎编的，还有，这些偷拍我的照片从哪儿来的，你故意陷害老子！”

“哪儿来的？我花钱找人买的，你信吗？从你给杜老板的刹车片上加酒精的那天起，我就看出你不地道了！”

听童岸这么一说，杜老板和沈先生都猛地抬头，尤其是杜老板，因为那辆Nissan的事好几个晚上睡不着觉，现在如临大敌。

左军吃惊地看看童岸，再看看杜老板，疑惑地说：“不是我干的！我有什么理由这么干？”他醒悟一般看着童岸，“是你！你有这个修车的本事，给我使绊子还不简单，你说，你有什么证据？”

童岸咬了咬牙，他只能冒这个险，必须除掉左军这个祸害，他镇定地说：“要说修车的技术，左军哥你也不差我多少。杜老板用车前两天，那辆车你用过，对吗？你还告诉小平头，千万别说出去，是不是你的原话？”

“是，我用过，这我承认，但是我没做过手脚！”左军恶狠狠地盯着童岸，“其实是你，对不对？是你想陷害杜老板，然后给我扣上这个屎盆子，你就能踢掉我上位了，你敢说不是你干的？早知道老子在山里就应该一枪毙了你！”

童岸一时语塞，他觑着杜老板和沈先生阴晴不定的脸色，想起当时和老冯的计划。那个时候他们还不知道这是一个大型的贩毒集团，老冯差点暴露，只好让陈慕阳来接头，当时老冯就开始筹划怎么除掉左军这个定时炸弹，他太鬼了，狡猾得很，万一童岸的身份被他搞清楚了，就麻烦了，童岸这条命迟早会葬送在他手里。老冯那边找人跟着他，拍了不少他私下偷卖发动机的照片，同时告诉童岸，他们的人发现左军有找小姐的嗜好，决定拿这个当作一个突破口，童岸算准了杜老板每周不在车厂的那天，左军总会神神秘秘地出去，正好那天他的车限号，开的就是杜老板的Nissan。童岸一路跟踪他到洗浴城外面，给他的刹车片中加了酒精，城市里慢速开车不觉得，一旦上了高速肯定要出危险。本来童岸以为左军会出城，结果没想到他又转回来了，隔两天杜老板用车，童岸才出面阻拦。

他的大脑转得飞快，想起那天的情形历历在目：“只有你动过那辆车，我自始至终都不知道那辆车是谁开过，再说了，我有什么必要陷害杜老板，反而是你，嫌疑最大吧？”

左军不甘束手就擒，他把童岸死死地按在墙上，眼里喷火，恨不能掐死他，杜老板冷眼看着，沈先生打圆场：“大家冷静一下，好好说话，不要动手嘛！”

正在这时，一个声音从门口传来：“爸爸，二爸，童岸说的都是真的，左军喝高了的时候在车厂说过，他要想让姓杜的死，不过是抬抬手的事，在哪儿不能动动手脚，只是姓杜的运气好，躲过了一劫。”她脸色苍白，声音听起来很疲倦，“你不信的话可以问问小平头他们，左军是不是说过这样的话，童岸不会干这种龌龊事，我能保证。”

左军一听这话，当时就跳了起来，指着杜薇的鼻子大骂：“你放屁！你就是让姓童的给灌了迷魂药，合起伙来陷害我！”

别人说的话，杜老板还有几分怀疑，但是女儿说的话，肯定不会有假，杜老板再也按捺不住，站起身来，冷不防把手里的玻璃烟灰缸扔向左军，左军躲闪不及，脸上结结实实地挨了一下。

左军没想到杜老板真会相信这些鬼话，手摸着脸上淌下来的血破口大骂：“你妈的，姓杜的！老子这些年为你鞍前马后地做了那么多事情，你居然这么对我！杜薇，你个臭婊子，你为了个小白脸儿血口喷人！我饶不了你们！”左军突然从地上向杜薇冲过去。童岸见情况不妙，从后面飞身把左军死死地压在身下。杜学富面带惊恐，忙招呼马仔：“还不快把左军绑了！”

沈先生掸掸衣服站起来，依旧是一脸微笑：“你发什么火嘛，现在一切都清楚了，左军不能再留了。”

杜老板气得脸色发青，咬紧了牙，杜薇一见他这样，赶紧从他怀里掏出一个小瓷瓶，倒了几粒药让他含着。童岸整理了一下衣服，给杜老板端了一杯水，杜学富倒在椅子里，喘吁吁地看着他：“小童啊，多亏你了！”

童岸没说什么，只是看杜薇脸上没有一丝血色，也没有了往日见到他的黏人劲，有些古怪，但他没有多想。

杜老板脸色见缓，沈先生让他俩先出去，他们有事要商量。

杜薇飞快地往外走，她瘦了不少，脸上的婴儿肥不见了，更显得两只眼睛有些呆滞，过防火卷帘门的时候，杜薇身子一歪，险些跌倒，童岸下意识地伸手扶她，不想杜薇一声凄厉的尖叫："别碰我！躲开！"

童岸不解地看着杜薇，这不是平时的她，杜薇神经质地推开他的手，跑向自己的车上，发动引擎，一溜烟地驶出车厂。

当天傍晚，童岸随杜老板和沈先生来到郊外。这里是沈先生的地盘，他在这个大院子里养了许多名种大型犬。院子里充斥着犬吠的声音，听得人有些不寒而栗。左军被五花大绑，从车里押了出来。

童岸有些害怕，不知道杜老板到底要如何处置左军，他本不想参与其中，但他知道现在是取得杜老板信任的关键时刻，他不得不继续下去。

沈先生看出童岸有些紧张，笑着问："童岸，看沈叔叔这儿怎么样？地方够大吧？我这养了差不多100条狗。你喜欢狗吗？喜欢随便挑，沈叔叔送你。"

童岸听后笑着答道："沈先生，谢谢您的美意，我哪里会养狗啊？再说我现在天天在车场盯着，也没时间喂啊！"

沈先生听了哈哈笑："也对，你那儿也养不了，再说老杜也不喜欢这些。没事，没事，改天闲了上沈叔叔这儿玩，我这儿每周都有人来斗狗，回头带你开开眼。"

童岸看着不远处一个巨大的铁笼子，那应该就是斗狗场。他看到斗狗场中的铁链上拴着一条棕毛藏獒，不停地吠着，狂躁地扑咬着。当它站起来时，体格如同一头棕熊，手腕般粗细的铁链，哗啦啦响着，被藏獒扯得笔直，童岸担心链子随时会被它扯断。

杜老板走到众人面前，不怒自威："各位兄弟跟着我杜某混饭吃，这么多年，我是什么样的人，你们最清楚，从来只有人对不起姓杜的，没有姓杜的对不起自己的兄弟的。今天发生的事情，大伙儿也都看见了，我重用了这么多年的人，做了对不起我的事情，我该怎么办？兄弟们劝我给他颗枪子儿，我也很为难。杀，我于心不忍；不杀，以后都敢对我下黑手！这样吧，我给左军一个机会，是生是死，就看天意了！”

他一招手，两个马仔押了左军上来，他的嘴被胶带死死封住，五花大绑着，依然死命地呜呜挣扎着。杜老板走到左军面前，拍拍他的脸：“小子，今天你能不能活，就看老天和你自己了，别怪我不给你机会。一分钟后，我叫人开门，只要你能坚持住活着出来，这事就算过去了。”

杜老板语气平静，就像平日里吩咐左军去办一件极为普通的事一样，可童岸听到这里，着实一惊，他一直想要除掉左军，眼看就要成功了，可是，怎么也没想到会是以这种方式。

他大着胆子走上前：“老板，左哥这些年，没有功劳也有苦劳，看在他以前也对您忠心，求您……”

杜老板没等他说完，眼睛一瞪：“小童，我知道你好心，可是眼下用得不是地方。没有规矩不成方圆，没了家规，兄弟们以后怎么看我？”

童岸还想再说，沈先生一把拉住他，在他耳边低声说：“小童，别多嘴。你来的时间还短，这些规矩不懂。听沈叔叔的，别插话。”

杜老板一侧脸：“开铁门！送左军进去！”话音一落，手下马仔赶紧把左军推进敞开大门的铁笼子里，隔着栏杆用匕首挑开他手腕上的绳子，刚刚松绑的左军被人从后面踹了一脚，扑跌着一头往前栽去。

他面对的正是那条棕熊一般的藏獒，它不停地冲左军猛冲，不断地狂吠着。童岸被眼前发生的一切吓呆了，他的身体不由自主地开始哆嗦，眼前的事情他无法阻止，只得转过头去，不忍观看。

他听到身后那条藏獒的链子被松开的声音，左军一定撕掉了嘴上的胶带，他听到了左军的骂声、藏獒的犬吠声还有撕心裂肺的惨叫声。童岸整个人僵住了，胃里翻江倒海，他蹲在地上干呕了起来。

到底是什么时候开的门、左军被咬成什么样，他全都不知道。他只清楚他为老冯报仇了，可悲的是，他一点也不快乐，反而被深深的恐惧扼住了咽喉，那种窒息感，像鬼魂一样缠着他。面对如此凶恶的犯罪集团，他不知道什么时候，才是这个任务的尽头，他只能咬牙走下去，直到最终胜利的那一天。

从狗场回来之后，童岸的精神一直不好，经常被噩梦吓醒。表面上他还是装作十分认真的样子又跑了一趟山里，说是清点存货，但他心里清楚，左军被收拾的事肯定在车厂里传开了，他不想在这个时候成为众人的焦点，他也不愿意小平头他们怕他。他想换换心情，于是暗地里约了颜艺一起看午夜场的电影。

临近约定的时间，颜艺提前到了，她兴致勃勃却又笨手笨脚地对着车里遮阳板上的镜子涂着唇膏，据说这是今年冬天最流行的颜色，能衬得人温柔可亲。颜艺是听了小项的推荐，下班后急匆匆地赶到最近的丝芙兰专柜，买下了这支听上去还不错的唇膏。

搁在副驾驶座位上的手机叮的一声响，颜艺手一抖，唇膏涂出了界，她顾不得擦，拿起手机一看，心情灰掉了一小半。

是童岸发来的，他说，抱歉，临时有急事，不能赴约了。

这是一条短信，不是他们常用的通信渠道，这也就意味着，他真的有突发事件，匆忙间只能选择最不安全的通讯方式。颜艺慢慢坐回去，潦草地擦完唇膏，强打精神回了一句“好的”，她看看窗外越来越重的夜色，决定还是原路返回。

童岸收到颜艺的回复时，他正坐在杜老板郊区的别墅里，名义上杜老板是“请”他来探视杜薇的，可明眼人都知道，杜老板的私宅，不是谁都能去的。

杜老板一反常态地打电话给童岸，说是杜薇最近身体不好，有些闹情绪，如果不忙的话，来他这里看看，毕竟两个人在交往，童岸来看看她，也许她心情能好一点。此时的杜老板，一改往日的嚣张霸道，竟然也有些低声下气。童岸想了想，给自己打个圆场，说前些日子车厂忙，他走不开，给杜薇打电话一直关机，才没有去探视她。杜老板知道，童岸说的都是实话，语气里的那点儿怨念顿时消散了，他告诉童岸他家的地址，让他早点交接班，来这边一趟。

杜薇的气色有些憔悴，她站在二楼的走廊上远远地看了童岸一眼，欲言又止。童岸打量她，她比前两天消瘦了不少，其他的还好，但是她的神色有些不对劲，梦游一样，不笑也不说话，这不是以前的她。

杜老板招呼他上楼喝茶，童岸随他去了三楼角落里的一间书房，刚坐下，只听杜老板一声长长的叹息，这叹息绕梁不绝，童岸没作声，低头喝茶，杜老板胖胖的身子前倾，似有万吨重的一枚橄榄含在嘴里，掂量半天也不知道该怎么个说法。

许久，杜老板才垂着头说出了他隐瞒了两个多月的秘密——前些日子杜薇去韩国旅游，在夜店酒后被人强暴，怀孕了。

童岸心里咯噔一声，他虽然不喜欢杜薇，也烦死她动不动就贴上来的样子，但这个消息还是让他头皮一凛，刚才见到失魂落魄的杜薇，原来经历了这么不堪的遭遇，再想到那天她的古怪，一切都了然了。

还未等他说什么，杜老板就哭了，泪水在苍老肥胖的脸上纵横，他说，薇薇没敢报警，她要脸面，回国之后才发现怀孕了。他带女儿去私立医院检查，医生说她子宫壁薄，不能打胎，不然以后就不能生育了。

空气瞬间凝固，童岸觉得喝了这么多的茶，喉头还是发紧，他既为杜薇感到难过，心里也有一丝不安，杜老板老奸巨猾，不知道他的心里又在打什么算盘。

杜老板看出童岸坐立难安的样子，擦了擦眼泪鼻涕，一脸的落寞和沧桑，他拍拍童岸的肩膀，示意他少安毋躁。

“小童啊，你说薇薇出了这么大的事，做家长的哪个心里能好受，我这一个多月，没有一天晚上能睡个安稳觉。唉，叔叔知道你们之间的感情还可以，你们两个男才女貌，薇薇对你也是热心热肺的，我也特别重视你，我就薇薇一个女儿，以后偌大的家业还不都是你们的。”

童岸紧闭着嘴唇，他的手指死死地攥着杯子，不发一言。

杜老板以为童岸的沉默，是因为觉得他说的话有道理，心里三分笃定，说话也就没那么掂量了：“我说你们要不就赶紧结婚吧，来不及领证哪怕先摆酒呢……薇薇的肚子藏不住了，让她平平安安地把孩子生下来，也不用你们养，我有的是房子，找几个保姆，把孩子悄悄养大，你们以后愿意生几个随你们，出国移民也行，放心，你这个岳父别的没有，唯一不缺的就是钱！”

童岸怒从心头生，妈的真以为我是什么盘都接的软蛋了，也不打听打听，当年童家鼎盛的时候，借你八条命也不敢打我的主意。可他不能发作，杜老板能收拾得了左军，真要掉转枪头对付他，童岸没有一丝招架的能力，他只得压抑住把杜老板的胖脸揍一顿的冲动，干笑两声："这事我说了不算，也得问问薇薇的意思。"

杜老板见话说到这个分上，心里有了三分的把握，也不急于让童岸现在就表态，他笃定童岸就算有通天的本事，也翻不出他的手掌心，他手指敲敲桌子，略一思索，痛快地说："这事依着你们，你和薇薇商量，我做父亲的，只要你们合适，怎么着都成！"

童岸心里五味杂陈地从杜老板书房出来，差点撞上在门后站着的杜薇。她应该听到了一切，或者说，她也许早就知晓她父亲的安排，他刚才涌起的对她仅存的一点可怜与同情，此刻荡然无存。

她涣散却又灼灼的目光恨不能在他的身上烧出两个洞，童岸刚要奔下楼梯，杜薇双臂一伸，拦住了他。

"你先别急着走，我给你看样东西。"她的眼睛在那一刻有种诡异的神采，看得童岸心里发毛。

她自顾自地掏出手机，翻找出一张图片，微笑着举到他的眼前："喏，是这个女的吧，你俩以前好过，她叫颜艺，我说得对吗？"

童岸一惊，手机画面直直地刺到他的眼睛里，那是颜艺的一张半身照，她在花店里付钱，不甚清楚，可童岸一眼就认出了她。

杜薇轻轻地趴在童岸的肩头，像是一只幽灵，童岸不寒而栗，她伏在他的耳边轻声说道："这么漂亮的美人儿，是个男人都会喜欢吧？可是我这人最不喜欢别人欺负我。左军欺负我，得到这样的下场；别人欺负我，肯定也会是跟他一样的结局。"

她笑得像只夜枭，童岸强作镇定："我现在跟她没有任何关系，你别动她！”

“说你聪明，其实最笨了，你这么在意她，此地无银三百两，你没有赖掉的机会了，这张照片我能拿到手、能给你看，就能找到她，”她收好手机，挑挑眉毛，“我爸跟你说了什么，我清楚，我也知道你的心从来都不在我这儿，没关系，我只要你这个人，你要是敢甩掉我，我就弄死她。”

她的声音让童岸从骨头里发颤：“要不也让她尝尝我遭遇过的一切，我爸手底下可有的是血气方刚的小弟，你说呢？或者让她去跟左军做伴怎么样，算是我对他的一点补偿，他在地下还得谢谢我呢！

杜薇说的话在童岸跳上车子时，依旧盘桓在他的脑子里。他慌不择路地开出了老远，然后从后视镜里看着杜老板的那幢别墅，在沉沉夜色里显得狰狞恐怖。童岸觉得自己就是《聊斋志异》里的书生，上山去访友出来之后，转眼间那华贵的豪宅已经化成一座大坟山，如果杜薇家的别墅变了坟，他也许并不惊奇。

惊魂未定地从杜家出来，童岸才发现自己手心里全是汗，整个人都控制不住地抖，杜老板说出他那个龌龊的计划时他只觉得可笑，但是杜薇拿出颜艺的照片让他看的时候，童岸第一次感觉到了什么叫作瘆人的恐怖。

陈慕阳难得有时间待在家里，老妈依旧唠唠叨叨地在厨房里忙活，砂锅在灶上噗噗地喷着香气，不用问，老妈又在炖他最爱吃的玉米板栗排骨汤。

他窝在客厅的沙发上，手里握着遥控器，有一搭无一搭地换着电视频道，没一个能专注地看进去，抗战片太闹太扯，哪有像演员们演得这么神勇；偶像剧更是没劲，一张张整容脸晃得他眼晕；干脆看新闻，虽然日光之下已无新事，但除了这个，陈慕阳真的不知道该拿什么来打发这来之不易的假期。

穿着家居服的陈慕阳，看上去也就是一个刚刚长成的大男孩，因为任务的关系，他不方便出来在大街上晃荡，自然也有了借口拒绝老妈安排的相亲活动。其实他也能隐隐感觉出来，他对找对象这件事的冷淡，让老妈无从插手他的感情生活，当着他的面，老妈哭也哭了、闹也闹了，无济于事。老爸比较开明，觉得男人嘛，还是事业为主，相亲的事暂时告一段落，不再给他太大的压力。

女主播正在播报着本市主干道上的一起车祸，陈慕阳觉得刺眼，迅速换台，老冯出事后，他受不了这个。

一组国内新闻打断了陈慕阳的思绪，在一个有关科技界的短新闻里，陈慕阳看见一张熟悉的面孔一闪而过，他瞬间瞪大了一双鹿一样的眼睛，再细看，新闻已经过去，陈慕阳手忙脚乱地找遥控器，用回放功能倒回去，果然，他没看错，屏幕上出现的正是在北京参加这个会议的颜艺，她单手撑着下巴，手里的笔不知在本子上划拉着什么，一副放空的表情，完全没有意识到镜头已经给到她了。

他出神地看着屏幕上朝思暮想的这个女子，颜艺还是老样子，清淡的眉眼，看到她就觉得舒服、温暖，让人想靠近她。

陈慕阳闭上眼睛靠在沙发上，有些心满意足，也有些惆怅，他想，如果有一天他像老冯一样因公殉职了，颜艺是否也会心痛，她会为他哭吗？想到这他有些心酸，颜艺这一生，悲伤的事情太多了，还是不要让她再伤心了。

他舍不得让她难过，哪怕是为他。

手机铃声乍起，把陈慕阳吓了一跳，他看了一眼屏幕，没有显示对方的手机号，他心里大概知道了几分，站起来趿拉着拖鞋回到卧室掩上了门。

果不其然，电话是童岸打过来的，还不等他寒暄，童岸那边立时扔过来一个炸弹般的消息。

“老冯不是出车祸，是杜学富他们搞的鬼，那个货车司机是他们的人，”他停顿了一下，似乎在下很大的决心，“我要见你们领导一面，越快越好。”

他的声音很镇定，也很清晰，一字一句，像一颗颗炸弹，轰然炸裂在陈慕阳的耳畔。

这是童岸第一次正式参加警察的内部会议，会议安排在津洲市一家不起眼的小型快捷酒店内，他听警察们管这个地方叫“根据地”。

酒店不大，三楼却有一间面积不算小的会议室，室内的布置只能算得上简单，甚至简陋，几株高大的绿色植物算是点缀，会议桌已经斑驳，开会用的椅子都凑不成一套。

他们换了便装，假装是来开一个小型的企业交流会。童岸到得早，没敢开车，他深知现在形势的危急，打车到了离这里还有两条街的地方下来，一路步行。他进门的时候，陈慕阳已经等候在这里。

这是他俩之间第一次握手，陈慕阳迎上两步，主动伸出手，童岸不计前嫌，紧紧回握他，拍拍他的胳膊，一切尽在不言中。几张陌生的面孔陆陆续续地进来，有一位自我介绍姓欧的队长，最后进来的是一个比老冯年纪稍长的中年男人，姓金。

金处长听完他的汇报，眉头紧锁，老冯的牺牲是个信号，杜老板他们对警方有了警惕，起码老冯已经暴露在他们的枪口之下……想到这里，金处长问童岸现在是否安全，童岸也不知道该怎么说，他无法回避这几天他和杜老板的对话，还有左军的死，索性全盘托出。

金处长拧在一起的眉头微微舒展，看样子童岸还没有暴露，他依旧是这盘战棋里，打入宏达车厂内部最深最透的那颗棋子。老冯牺牲前，曾经跟他谈过，童岸已经顺利地把第一阶段的情报拿到，可以对杜学富的走私团伙进行抓捕，但是谁也没有想到会牵扯出毒品大案，现在他们的目标是将这条海外贩毒线路一锅端掉，这个时候如果童岸撤出，将会是一个无法估量的损失，他们的侦查也就成了竹篮打水一场空。

不过特情人员的安全和意志也是需要重点考虑的，金处长和老冯甚至想过，能不能让在外围活动的陈慕阳接应进去。事实证明杜老板这样老奸巨猾的人，很有可能会在第一时间拆穿这个计划，更有可能脚底抹油开溜，到时他们所有的努力都会白白浪费掉。

当陈慕阳汇报上来，特情童岸的重大发现时，金处长的内心隐约感觉到，老冯曾经说过，这个年轻人是有责任感和勇气的，不要小看了他，这句话会应验。果不其然，童岸一脸平静地对他和欧副队长，对着参加会议的所有警察说，为了死去的老冯，他会继续配合他们，直到端掉杜老板的走私贩毒团伙。

童岸抬眼朝窗外望去，外面飒飒北风扑打着窗户，凛冬已至，春天还很遥远。他想起颜艺，心里一阵焦灼，恨不得警方现在就能把杜学富他们一网打尽，杜薇可怕的笑脸，已经成了他挥之不去的噩梦。

金处长又鼓励了童岸几句，叮嘱了一下，便带着其他人员先行离开了，留下欧队长、陈慕阳和童岸三个人在会议室里商量接下来的任务。

研究完怎么里应外合，包括在什么样的时机可以收网，他们三个人默然无声却又极为同步地掏出烟。金处长去年刚查出肺部有问题，做了手术，把抽了二十多年的烟戒了，手下的小伙子们没人敢当着他的面点烟。金处长一走，这几个人憋不住，干脆打开窗户，任凭冷冷的北风灌进来，把烟雾吹得不成形。

欧副队长出去接电话的工夫，陈慕阳垂着眼睑，他的睫毛在一熄一亮的烟火中沾染了晕黄的光："没想到，你真是个爷们。"

童岸不知道在想什么，周身散发出来的气息让人觉得他好像独自坐在一片白茫茫的荒原之中，陈慕阳的话遥遥地传来，才宛如从大梦中醒过来一样，无声地看着他。

"我不是为你们。"他叹口气，欲言又止的样子

"那……颜艺怎么办，你参加这么危险的任务，你有没有跟她说过什么？"陈慕阳装作不经意地，问出了他最关心的那个问题。

这又何尝不是童岸的痛处，他夹烟的手指一颤，脸上的肌肉不受控制地哆嗦起来，他摇了摇头，自知没有力气说什么，只好缄默。

然而他心里明白，在这个案子里越卷越深的结局，就是辜负了颜艺七年的深情和对他无限的信任。这一切来之不易，却又要让他亲手毁掉，毁掉他刚刚许诺给她的未来，她毫无防备地冲他笑的样子，那两颗洁白的小虎牙，那么近，却又变得触不可及。

他不能不这样做。这是保护颜艺平安的唯一办法，杜老板是豺狼，他的女儿杜薇，怎么可能是个善类？所有的不确定带来的危机感，像是三九天气屋檐下滴落的水，一层层冻结成危险的冰柱，看似坚固，却极其危险，不知什么时候外力轻轻一撞，冰锥就会毫无声息地断裂，像一柄悬在头顶锋利无比的剑，直刺头颅。

他和命运较量，赌注是他深爱的颜艺的性命，这场豪赌，他只能赢，不能输。

这个想法让童岸不寒而栗，他感觉到命运伸出一根手指，轻轻

拂过他的头骨，像是暗示，或是警告。

杜薇很久没有睡过一个整觉，据说在怀孕初期，孕妇总是渴睡，懒懒的，像是阳光下的猫。她住的这个地方也有一只猫，阳光好的时候，喜欢在宽大的阳台上晒太阳，懒洋洋的样子，跟现在的她有点儿像。

老爸是不喜欢小动物的，嫌伺候起来麻烦，杜薇不懂，家里光保姆就三个，一只猫又不占他的精力，有什么好烦的。后来听老爸多年的好友随口说起，当年老爸一手把她带大，实在腻烦了收拾猫崽一样的女儿的屎尿，杜薇这才不闹着要养猫狗。后来不知为什么，老爸还是带回来一只纯种的短毛猫，外加一只德国狼犬，也许是因为本地有“猫来财狗来富”的谚语，也许单纯就是觉得家里少了点生气。

从韩国回来后的这段时间，杜薇总觉得走起路来脚底下发飘，像是踩着一朵云的孤魂，从这间屋子飘到另一间屋子。她不敢自己待在屋子里，尤其是沙发上，这会让她想起那个屈辱的夜晚，夜店里的红色丝绒沙发、半明半暗的灯，还有男人们粗鲁下流的手和嘴，她哭喊着想推开他们，却是徒劳。

至于是怎么被救出来，又是怎么回的国，她不记得了，也根本不想记得，她宁愿停滞在自己的记忆里的，永远是那个明艳妖娆的女孩，而不是一张被人随手涂花了的废纸。

她蹲下身去搬一盆白色茶花，花盆重得很，杜薇觉得腰有些发沉，医生说怀孕初期不能抬重物，不然会小产。她想起这句话，心里却巴不得这个孩子能流掉才好，管他以后还有没有可能生育，她不稀罕这个记录她羞耻的孩子，它把她永远拖入了深渊。

杜薇不敢再奢望和童岸的任何可能，那次他摔门而去，她就知道，一切都完了。换了任何一个男人，都不可能再接受现在支离破碎的她，何况是在她眼中如玉一样的童岸。

再过几天就是新年，津洲市有新年摆鲜花的习俗，杜薇让保姆给她买了一盆茶花。往年杜老板不允许家里摆茶花，因为茶花谐音“查”，他的生意见不得天日，最怕的就是这个“查”字，特别是做买卖的人家，更是不喜欢“白花”。可杜薇执意要买茶花，指定要白色的，杜老板知道她心情不好，只好依着她。

因为这是童岸最喜欢的花，他无意中说起的，杜薇牢牢记在心里，即使童岸已经成了她心里触不可及的倒影，她至少还能守着花，慢慢回忆那天他说这话时，嘴角勾起的那抹难得的温柔。她后来才反应过来，他说这花好看的时候，心里想的是另外一个女人。

杜薇收到那个叫颜艺的女人的照片时，心里不是不难过，她早有预感，滴水不进的童岸，不会是表面看上去那样禁欲内敛，他也是有血有肉的男人。可惜了，他藏着掖着不让人知道的心思，最终还是让她知道了。

她的难过只持续了不到一天，童岸既然能在这个车厂待下去，肯定有他待下去的理由。她父亲说了，童岸家以前有钱，只是败落了，他过惯了富二代的生活，现在最缺的肯定是钱。那好，杜薇最不缺的就是钱，任由他花罢了，但是那个女人，就由不得他有什么想法了。

她的狠辣，不过是为了自己那一点点对爱情的渴望，她没什么可内疚的，谁让她有个有钱的老爸呢？她算准了，没有人能不为她老爸开出的条件动心，哪怕是童岸，也逃不掉。

傍晚有浓雾升起，这里是津洲的郊区，雾涌起来得更快更汹涌，杜薇站在窗前，呆呆地看着楼下花园里昏黄的灯，在乳白色的雾气里氤氲成一个模糊的光圈。有一辆黑色的老款桑塔纳徐徐驶过来，幽灵一般，悄悄地停在大门口，杜薇眼尖，远远地认出了那辆车，她的心脏猛地一抽，仿佛有电流经过。

一个劲瘦干练的身影从车上下来，站在门前犹豫着，似乎拿不准主意是不是要按门铃。杜薇全身的血液顿时温暖起来，她激动地用手掩住口，几乎要流泪——那是她一心所系的童岸。

童岸在这个傍晚的出现十分突然，杜薇几乎是用奔跑的速度下了楼，飞身扑到他的怀里紧紧地抱住他。童岸静静地站在那里，没有说话，他宛如一尊石化的雕像，任由杜薇喜极而泣。

他的再次出现对他们两个都有着不寻常的意义。杜老板尽管心里还有疑虑，可这不是能允许他存有任何疑问的时候，童岸身上没有任何的污点，这么长时间的观察下来，他发现童岸不爱钱，人际关系简单到了乏味，更重要的是，他足够年轻，年轻到可以让他手拿把掐地调教。至于杜薇那边，杜老板也乐得女儿和心上人共度下半生，只要童岸听话，未来有的是福气。杜老板的疑心烟消云散，当即换了温和的口气，又塞给童岸一个厚实的信封，让他有时间去看看女儿，还拍拍他的肩膀，告诉他车厂里停着的那几辆他名下的车随便挑，看上哪辆上他这儿拿钥匙。

童岸的脸上没有太多的惊喜，他只是默然地点点头，杜老板就喜欢他这个沉稳劲，然而只有童岸自己知道，在这个泥沼里挣扎，是否有一天，他也会洗不净身上的污秽？

更让他心神不安的是，他刚刚对自己心爱的人许下的美好的诺言，也许就会成为一个阳光下的泡沫，五彩斑斓却又转瞬即逝。

他茫然地在路上开着车，他想念颜艺那双轻灵的眼睛，却又不敢回味，他太害怕那双眼睛里写满失望，还有那如月一样脸庞上的哀戚之情，那将是他的世界末日。

忙完了北京的会议，颜艺在高铁候车大厅给骆雯打电话询问最近的情况。最近骆雯心情大好，在电话里都能听出她由心底舒畅的笑，她说道：“你回来的话有时间来看看我，当然是来医院，我没空在家，快无聊死了，薛司宇天天给我加餐，产检医生叮嘱我要控制体重，控制个头啊，我长了快二十斤了！”

颜艺挂了电话，骆雯充满幸福感的声音并没有让她感觉心情振奋起来，她望向窗外的雾霾，阴沉沉的，灰白一片，像极了她空落落的心。

童岸最近有些反常，她无法描述，但是她能确定地感受到。

从小寄人篱下，颜艺早就养出了一颗极为敏感的心，她的第六感能随时提醒她，“家里”任何一个人情绪的波动，是远远避开还是装出乖顺的样子，她无师自通。

那个用来通信的游戏软件里，没有童岸的留言，极少数的时候他也会用短信联系她，然而她的短信收件箱里除了运营商的通知和一堆乱七八糟的广告，也没有任何来自童岸的消息，她甚至去垃圾箱里翻看，怕手机自动过滤了他的短信，但依然没有。那种熟悉的感觉再次蔓延上来，提示着她，她能感受到，因为她品尝过猝不及防地失去一个人的苦涩滋味。

回程的路短暂而又漫长，颜艺看了一眼坐在身边呼呼大睡的老费，老费胖胖的脸上有泛滥的口水，细看，当年意气风发的老费也显出了疲态，是啊，她也快二十九岁了，早已不再是当年和老费胼手胝足打拼天下的小女生了。

颜艺的手机响了，她手忙脚乱地接起来，来电话的是个男人，她以为是童岸，好在还没来得及喊出声，颜朗有些疲倦的声音就已经传进耳膜。

“我年前回国，和你一起过春节，有没有需要我帮你买的东西？你哥我今年的年终奖金很丰厚。”

她想起颜朗行李箱里厚厚的钞票，还有那一笔笔来路和去路不明的款项，不知为什么，她第一次不希望颜朗回来，她宁愿他待在酷热的南美洲一辈子。颜艺紧紧地攥着手机，手指关节泛白，她听见自己干巴巴的声音说：“我什么都不要，只要你平安回来。”

真的，我什么都不需要，我只要你清白、干净、堂堂正正地活在这个世界上，我已经不能再失去任何人，哥哥，还有童岸，我要你们好好的。

出差回来的第二天上午，颜艺忙完手头的事，看窗外依旧是雾蒙蒙的天，想了想，决定去看看骆雯，跟她说说话，或许心里会舒服一点。

她去了附近最好的甜品店，打包了一份红枣燕窝羹，又点了一份木瓜莲子银耳羹，驱车驶往人民医院。

骆雯的肚子已经傲娇地挺了出来，吃得下睡得着，胖了许多，她置之不理，大吃大喝，强悍地站在病房里指挥实习生，从背后看去，像一座小山，有碍观瞻，可是薛司宇与同事不介意，骆雯也就来一句“管他呢”，继续放飞自我。

颜艺大吃一惊，这是骆雯吗，她已经快认不出这个多年的闺密了。看见颜艺递过来的燕窝羹，骆雯毫不客气地大快朵颐，吃完了看见还有一份，嘻嘻笑着打开，颜艺假装嗔怒地拍开她的手：“刚说了要你控制体重，现在又管不住嘴。”

骆雯笑着叹口气："累啊，再加上肚子里还有个娃，更是觉得填不满这个胃，薛司宇也不敢抱怨我胖，他也没好到哪儿去，他光打扫我的剩饭就胖了十多斤了。"

颜艺莞尔，骆雯拿过纸巾擦嘴："我跟你说个奇葩的事，我那天产检，我们这边的妇产科大厅，左边是做计划生育的，也就是现在所谓的人流的，右边是生育建档产检住院之类的，中间划了一道黄线，号称'生死一线天'，通常来说，这个年代在大厅左边坐着的，一般都是来流产的，这不是重点，重点是，你猜我看见谁了？"

颜艺摇头，骆雯一脸神秘地凑上来："我看见肖潇了，就是那年在KTV里跟你过不去的那个女生，咱们那届最漂亮的校花嘛！"

颜艺大为震惊，她不确定地问："你没看错，真的是她？"

骆雯支起身子："我视力好极了，当然不会看错，她一副大浓妆，但是状态不太好，憔悴得很，那个样子是多厚的妆都盖不住的。"她叹口气，伸手在脸上比画，"瘦得吓人，脸色发青，两个大眼袋，不知道是来咨询的还是准备当天做手术的，我也没上前问，毕竟这是她的隐私，化这么浓的妆，想必是怕别人认出来。"

良久的沉默，颜艺几乎能听见自己的心跳，缓慢地律动，恍惚是漏了一拍，她的脑子里满是肖潇肚子里面的孩子，是颜朗的骨肉吗，还有，颜朗知不知道这个孩子的存在？

见她出神，骆雯拍拍她的手背："你这几天脸色也不好，赶紧回去休息，我这儿一切都好，没有什么地方比医院更安全，别担心我，我皮实得很，想生随时走到产科就生了。"

颜艺点头，缓缓站起来，收拾好自己的东西往外走，甚至忘了跟骆雯道别，走出没几步，骆雯晃着八字步追出来，是她忘了手机，颜艺心思难安，说了句"快回去吧"，直愣愣地往电梯间走。

结果还是出了错，颜艺坐的电梯只停双号楼层，她只得在二楼下来，一看等电梯的人太多，她干脆自己找楼梯间走下去。

二楼就是骆雯说的妇产科的所在地，颜艺心如悬旌，满脑子里都是那个生死未卜的胎儿，没留意到自己已经走到了那道“生死一线天”附近。

人很多，她不小心撞了一个孕妇，赶紧连声道歉：“对不起对不起……”

孕妇娇声抱怨着扶住身边老公的手臂走开了，颜艺直起身子，刚想长吁一口气，眼前走过来的两个人影，却像匕首一样直刺进眼帘。

那个戴鸭舌帽的男子手臂上挽着一个眼熟的女生，年轻的女孩身穿孕妇装，扶着腰小心翼翼地走着，偶尔侧过脸，温柔地向身边人说着什么，脸上全是一个准妈妈的光辉。男子的身量不低，劲瘦挺拔，帽檐压得很低，遮住大半张脸，只能隐约看到线条分明的侧脸和高挺的鼻梁。

颜艺呆愣在原地，半张着嘴，她以为自己认错了人，不死心，非要等那两个人走近了看清楚了才甘心。

那两个人没有注意到她，直到走到她的眼前，快要擦肩而过的刹那，颜艺梦呓一般叫了一声：“童岸……”

两双眼睛交汇的瞬间，颜艺宛若魂灵出窍。她没有看错，那再熟悉不过的料峭清逸的目光，却像是做错了事的孩子，极力躲避她问询般的眼神。

行动小心谨慎的杜薇停下了脚步，她也认出了挡在他们面前的这个女子，杜薇脸上带着温和的笑意，这笑里有炫耀，有示威，还有说不清道不明的挑衅：“童岸，这是你的朋友吗……”

童岸生硬地打断杜薇，抬起下巴冰冷地朝颜艺一扬：“你找我有事吗？”

那一刹那，颜艺恍惚以为自己真的是叨扰到了一对沉浸在即将成为父母的美好幻境里的小夫妻，可是，为什么眼底有酸涩的痛楚在蔓延，犹如严冬一点点开始封冻的河流，那种冰凉刺痛的感觉从心里渗入心肺，只觉一片薄如剔骨寒刀的冰刃刺入胸怀，将一颗跳动的心脏活活割裂成碎片。

原来，这就是他开始逃避她的理由，毫无征兆的背叛和辜负。

是这个世界先疯掉的，不是她，她一直自诩最理智最清醒的那个人，但在这个情形下，再坚持下去，她怕自己会发疯。

颜艺强迫自己挤出一个笑容：“不好意思，打扰了。”不等说完，她踉跄着逃开。她跑得太快，白色大衣的衣襟在空气中飞舞，远远看去，像是一只被猎枪击中的天鹅，仓皇地向天际逃去。

童岸追随她身影的目光瞬间黯然下去，如同夜晚随手抛进河面的半支烟，只一闪，刹那间就失去了光芒。

他不能在杜薇面前流露出太多的眷恋与不舍，一旦被她察觉他对颜艺的感情，就会把恶火引燃到无辜的颜艺身上，这是他最不愿意看到的。

整了整鸭舌帽，童岸面无表情地说了句：“走吧，快到你的号了。”杜薇点点头，神色如常。他们缓缓地走进熙攘的人群，沉默不语，各怀心事。

南半球的一月正是一年中最热的季节，一辆老式吉普在广袤的大地上驰骋，卷起一阵阵细沙。汽车开到一个破旧的旅店门口，戴着墨镜的颜朗跳下来，冲门外站着的半大男孩用西班牙语说：“告诉你们老板，中国人来了。”

“中国人”是颜朗的绰号，言简意赅，远近闻名，当然，是在他的圈子里。颜朗踩着凌乱的垃圾一步步走进旅馆，后面跟着波索和迪玛里亚两个人高马大的助手，他站在门口张望了一下，里面坐着几个彪形大汉，其中一个络腮胡子冲颜朗抬了一下下颌，示意颜朗他们跟着他走。

迪玛里亚警惕地往后腰里摸了一把，颜朗按住他的胳膊，用眼神告诉他，不用担心，一切都很正常。迪玛里亚顺势放下了撩起的衣襟，鼓鼓囊囊的衣服下面，是一把微型冲锋枪。

络腮胡哈哈大笑，亲热地勾过颜朗的脖子，两个人有说有笑地往里面的暗间走去，波索和迪玛里亚寸步不离地紧跟着颜朗。颜朗毫不为意，熟门熟路地找了地方坐下来，两只长腿随意地搭在前面的桌子上。

“那么我们开始吧，”颜朗用流利的西班牙语说道，“来，让我们看看这次的‘冰’，是美金还是洗衣粉？”

在他们的行业里，纯度在99%以上的冰毒，被称为“美金”，最次的掺杂了杂质的货，只能叫作“洗衣粉”，这是每个靠毒品谋生的人最基本的常识。

络腮胡不着急，他的大手摸索着下巴，似乎在想着什么，颜朗当然明白他的意思，抬手一挥……

波索拎过手里的两个行李箱，放在颜朗面前的桌子上，打开，一扎扎捆得极为结实的美钞，外加明黄色的金条，一览无余地展现在众人的目光之下。

络腮胡的目光亮了，他低声说了句什么，有人赶紧拿出来几个大塑料袋，里面沉甸甸地装着白色的固体。袋子口打开的那个瞬间，颜朗听见自己的心里发出了一声惊叹。

洁白无瑕的晶体，剔透得像是一颗颗甜美的冰糖，在昏暗的灯光下发出摄人魂魄的微光。颜朗用手指拈拈白色的颗粒，有细腻的手感，但他不能就这样钱货交易，他回头跟身后卷发的波索嘀咕了几句，波索点点头，打开随身携带的另一个小皮箱。

里面是一套简单的设备，专门用来检测“冰糖”纯度的。波索毕业于国立科尔多瓦大学化学系，读完药物化学硕士，国内就业形势不好，再加上波索的女友生重病，他急需用钱，于是托兄弟找到颜朗，利用自己的专业知识干起了这个买卖。

大约半个小时之后，波索终于全部检验完毕，他用英语对颜朗简单地说了几句，颜朗不动声色。他看着桌子那面络腮胡急不可待的表情，笑了笑。

“货我全要了。”他用西班牙语说道，“打包吧，我今晚还有约会，赶时间。”

络腮胡喜笑颜开地准备拿走装现金的箱子，颜朗却抬手啪地一下撩起敞开的箱子盖，盖子结结实实地砸在络腮胡的手背上，络腮胡吃不住痛，哼了一声。

颜朗不理会他，站起来打开箱子，从箱子里拿出两根金条，眯起一双漂亮的黑色眼睛，在手里掂掂：“这是我给两个兄弟喝咖啡的，不介意吧？”

络腮胡低声咒骂了几句，迪玛里亚不耐烦，干脆把冲锋枪掏出来端在胸前，络腮胡不敢再造次，挥挥手让他们赶紧走人。

他们三个人开着车在乡间小路上轻轻颠簸着，颜朗身侧的那个鼓鼓的提包安静地待在座位上，后备厢里还有四个这样的大包，像是丰收的粮食。颜朗的心，充盈着无可名状的满足感，因为他知道，包里的东西，才是他们兄妹的依靠。

波索拧开收音机，电台正播放着一首60年代的西班牙老歌，迪玛里亚掏出一支烟抽了起来，烟雾缭绕，颜朗摇下车窗，让南半球温暖的风吹进来，轮胎在粗粝的地面驶过时发出巨大的声响，像极了他刑满释放那天，监狱大门缓慢打开时的轰鸣，那种声音仿佛在他的心脏上轧过，预示着他灵魂和肉身的重塑。

有强大的自制力的好处就是，不管前一晚如何辗转反侧难以入睡，第二天颜艺依旧把自己收拾齐整，准时出现在泰格的办公室里。

马上就是春节了，虽然今年响应号召不再举办年会，但必要的工作总结和展望会还是要开的，再加上年终奖金和春节期间值班安排，颜艺和老费也不能躲闲。

没有人看出颜艺的异常，小颜总的脸上永远是那种淡然的表情，今天唯一暴露她心绪不宁的就是，总结会上老费发完言，在说到请小颜总讲话时，颜艺似乎在发呆，她的眼睛少有地出现了迷茫和惶惑。

直到老费关切地问她“你怎么了”时，颜艺才发觉该自己发言了，她磕磕巴巴地讲了几句，发现提纲上的思路完全不在她的脑存储中，她有几秒的愣神，台下员工窃窃私语，颜艺稳心神，幸好小项有预备好的发言稿，她干巴巴地念完一页纸，也不知道自己到底说了什么。

不算精彩，但起码能对付过去，底下响起稀稀落落的掌声。老费干笑两声，做了总结，反正大家的心思早就不在这里，每个人都在急切盼望几天之后的春节，没订上返乡车票的急着打听机票，也有拖家带口准备出国旅游的，在手机里提醒父母准备好护照，还有后勤人员在办公室里贴上烘托春节气氛的大红色的装饰品，办公室里熙熙攘攘，一派过节前的热闹，直至此时，颜艺才察觉出自己依旧是孤家寡人。

多大的笑话，一个月前她还守着童岸给她描绘出的那幅英伦隐居风景图，以为终于可以相伴相守，可昨天在医院的一幕，让她再一次见识到了人心的叵测。

昨晚整整一夜，她的手里一直握着手机，不肯松开，她以为童岸一定会给她一个解释，哪怕是迟来的，她也不至于让自己那么窘迫。可惜，这一晚没有任何来自他的消息，童岸的沉默代表着安静地承认，这种不言不语的态度让她焦躁，这焦躁就像是春天里的野火，烧得她刚刚萌芽的希望瞬间荡然无存。

下班回到空落落的房间，扑面而来的温暖气息让她稍微放松，颜艺洗了一个热水澡，她伸手去拿沐浴液，掂一掂是空的，她不死心，把瓶身倒立过来，还是没有太多液体，她干脆往里面灌了半瓶温水，再往手心一倒，绝对还够用两次的。

颜艺一边冲洗一边觉得哪里不对劲，她匆匆擦干身上的水珠，冲出了卫生间打开电脑，在网络上搜索“宏达车厂”的信息，网页整整齐齐地显示，没有任何的污点，她打开一个官方网站的资料库，调出来的资料也一清二白地显示着这个车厂没有任何税务或者是法律上的问题。这让颜艺十分疑惑。

表面上看着没有任何可用的信息，但是只要往下深挖，在人的视野不能企及的地方，肯定还存留着很多的疑点，甚至有可能比她需要的还多，这是刚才她在挤沐浴露时受到的启示。

问题在于，宏达车厂如果是一家正规完善的企业，为什么童岸躲在里面一直不愿见光，就连和她联系也都是用最隐蔽的方式？

当时说好一起去查当年坠楼案蛛丝马迹的时候，童岸说过，他怕自己的手机被监听。那到底是什么样的修车厂，会监听员工的手机？

颜艺想不通，她呆呆地坐在电脑前，临近午夜，手机响了。

是童岸，他用最常规的方式打来了电话。颜艺看了一下屏幕，考虑再三，还是接听了。

只听得到彼此沉默的呼吸，僵持许久，还是颜艺先开了口："你有什么想对我说的吗？童岸，如果你说我看到的是个误会，我会相信你……"

聪明如她，怎么会不知道童岸一旦开口，无论是何种言语，都会将两个人再次打入万劫不复的境地？即便这样，颜艺也希望哪怕有一丝的可能，是她看走了眼，而不是看错了他。

"对不起，我答应过你的做不到了，我们就这样吧。"他的声音还是那么低沉，似乎在说着和他们不相干的事。

她的心脏揪成一团，难受得像是被自己的指甲掐着："她肚子里的孩子……和你有关系吗？"

童岸那边有片刻的沉默，颜艺等着，每一秒都是煎熬，终于，她听到童岸开口："两个月前，喝多了，没把持住自己……"

"那你为什么还打给我，就为了一句抱歉吗？你觉得有这个必要吗，还是你特别想看看我难过的样子？那我说，我特别痛苦，你会好受吗？"她的声音不自觉地发颤，像是高烧着的病人。

他那边有片刻的沉寂，最终还是开口："上一次我不告而别，这一次，我希望能正式地跟你分手。"

颜艺的脸上，肌肉微微颤抖："童岸，你听好了，分手这事不是你说了算的……我们连相爱都没有过，你有什么资格跟我提分手？！”她怒气攻心，早就顾不得语无伦次，“你这次回来就没安好心！你不就是想报复颜朗吗，你对他无计可施，所以最好的替罪羊就是我，对不对？好，好，我成全你，七年之后我才明白，我永远玩不过你！”

她战栗着手指找到挂断键，用力摁了下去。

你满意了吧，再一次抛弃我的感觉，是不是很好？

颜艺抱着膝盖坐在地上，头深深埋下，她以为他会有什么难言之隐，甚至可笑地去查他工作的地方，事实证明，是她内心戏太足了。

没有什么迫不得已，童岸不敢光明正大联络她的原因，龌龊而庸俗。

只有你在犯傻，颜艺你最傻了，缺心眼的傻子，她这时才知道，眼泪是不会干涸的，只是遇到的事，没有那么伤心了，好了伤疤忘了痛，等第二道伤口再次出现的时候，她还是不争气地哭了。

童岸没有撒谎，他回来的初衷本来就是想让颜艺和颜朗没有好下场，颜朗的罪行昭昭天下，远不及让颜艺亲自参与揭开的过程来得称心。让亲密无间的兄妹彼此猜疑，这才是童岸的手段。

再加上他什么都没有耽误，顺手搞定老板的女儿，不然为什么他能安于这样一家普通的车厂呢，他是什么人家出来的孩子，他怎么肯甘心当一个平庸的修车工？

眼泪迅速洇湿了埃及长绒棉的床单，原来他只是想让颜艺再次痛不欲生，这一点他做到了。

不知哭了多久，颜艺就这样趴着睡着了，童岸再次走进她的梦里，像是寒冬尽头一把锋利的刀，手起刀落刃不见血，给了她致命的一击。

她一直以为他是独属于她的那道和煦的阳光，可惜最后才明白，他只是一个黑洞。

（27）

童岸开着免提，听到电话那头的声音戛然而止，他的脸色很平静，转过头来对贴着他的杜薇若无其事地说："你满意了？"

杜薇松了一口气，笑嘻嘻地勾上他的脖子，贴上来："爸爸总是不放心你，他说男人要是不肯把全部心思放在身边的女人上，十有八九是心里还惦记着其他女人，你惦不惦记别人我无所谓，我只知道不能让别人惦记你。"

杜老板用钱把童岸牢牢绑住，当作礼物奉给女儿，他也是有担忧的，尤其牵扯到生意，所以他反复叮嘱女儿，在童岸身上加一万个小心都不为过，你可千万看住他。杜薇牢牢地记住这句话，也身体力行地实践着。

童岸当着杜薇的面，不得已把颜艺的手机号码删掉，杜薇接过去，又细细检查了微信和QQ，手指滑过一个游戏软件的时候，她停顿了一下，却又觉得，一个小小的手机游戏而已，把他逼得太紧也不是好事。

夜深了，童岸打算回自己房间，现在他住在杜老板家的别墅里，主要是为了让他方便照顾怀孕初期的杜薇，他借口离车厂太远想推脱，杜老板二话不说给了他宝马X6的钥匙，外加一张十万块钱的卡，童岸只好接过来。

杜薇拦着他，目光灼灼地问："你就不打算陪陪我？"

童岸轻笑一声："医生说了，前三个月不是最好分开睡吗？"

杜薇还想使性子，童岸淡淡地来了一句："等你什么时候怀的是我的孩子，再提各种要求吧。”说完，从她手里抽走了他的手机。

杜薇微微变脸，但又不敢发作，这是她的痛处，也是她的短处，童岸在敲打她，适可而止，他不会像一个真正的丈夫那样，容得她在孕期作威作福。

凌晨两点，童岸在床上心事重重地失了眠。回想起刚才打给颜艺的那通电话，她的难过和失控让他的心头猛地一疼，仿佛整个活生生的心脏在钢针板上滚了一遍，那痛楚细密得让他挣扎不开。

他再次亲手把她推入失望的泥淖，用最决绝的方式。他宁愿听见她号啕，看见她撒泼，也不愿意让她这么一点点地捧着一颗破碎的心，窒息而死。童岸握着手里的手机，有万分的冲动想给颜艺在游戏里发一个消息，把所有事情的来龙去脉讲清楚，可当他想到老冯的死，想到潜伏在车厂附近的陈慕阳，还有警方已经密布下的天罗地网时，他又不愿让自己的一时冲动，毁了整个行动计划。

今晚的月色很好，淡黄色的月光从窗外打进来，童岸没有拉上窗帘，任由月光柔柔地覆盖在身上。半寐半醒之际，听得窗外传来发动机低沉的轰鸣声，随后熄了火。

他住的房间窗户正好朝向大门口所在的院子，二楼，视野很好。童岸躲在窗帘后面，偷窥着楼下人的一举一动。

胖胖的是杜老板，他指挥着几个年轻的手下搬着大纸箱，往楼下的车库里走，车库连着地下室，应该是往地下室里运。他数了一下，来回两趟，至少有十个大箱子。

大半夜的看不出他们运的是什么东西，童岸看了一下时钟，凌晨四点刚过，正是冬夜里人声最寂然的时刻，这个小区的入住率不高，四周没有什么邻居，谁也不会注意到杜老板的动向。

童岸在心里记下时间，看他们折腾完，直到杜老板回屋的沉重脚步声在楼梯间响起，他重又躺回到床上，慢慢睡去。

会做噩梦的人是世上最幸福的人，因为可以醒来。

童岸最害怕的是，醒来却发现，他只是做了一个想从噩梦中醒来的美梦。

岁末年关，颜朗赶在腊月二十三小年夜前回来了。最近他很少出去浪荡，待在家里请了钟点工把家里收拾收拾，置办了些年货。家里人口少，也没有走亲访友的必要，这个年，他们兄妹注定又要过得冷清了。

傍晚颜艺打电话过来，说是老费一时兴起，听说颜朗回来了，非要拉上他们兄妹出来吃火锅，颜朗只好把已经准备好的牛排重新放回冰箱，开车去找他们。

火锅店门口停着老费那辆骚包的兰博基尼，颜朗放下车子，站在店门口一张望，老费冲他挥手吆喝，颜艺也在旁边，兴致不高的样子。

酒过三巡，老费和颜朗谈兴甚高，颜艺闷头涮肉吃东西，偶尔搭话。颜朗看见妹妹恹恹的样子，笑着摸摸颜艺的额头。

“我没病。”她躲开颜朗的手。

老费夹了一筷子毛肚放在颜艺的料碗里：“这家的毛肚全市最好，讲究的是七上八下，不能在汤里超过十五秒，没别的，就一个嫩字，你赶紧尝尝。”

颜艺听着他俩在一起谈论着南美洲的经济状况、国内融资上市等男人喜欢的话题，她看着眼前的水汽氤氲，愣愣地出神。左前方有一对年轻的小夫妻，新婚蜜月的样子，互相给对方嘴边喂着食物，甜得蜜里调油。医院里的那一幕像是无意识的一个气泡，在她心里悄无声息地浮了起来。

她最近瘦得有些脱相，不大的脸庞更显得小巧，唯有一双眼睛，依旧有跳动的火焰。颜朗心疼地看着她强作欢笑，跟两个兄长碰杯，他本想换下她手里的白酒，转念一想，她有心事，何不让她喝个痛快呢？

吃完饭，老费的舌头已然大了，颜朗叫了两个代驾，送走了老费，自己和颜艺上了车。她喝得不多，脸上红扑扑的，有七分醉意，但还能撑住。

回到家，颜艺踢掉鞋子倒在沙发上，颜朗叹口气，给她倒了杯热水，坐在沙发上，他知道有些事，当哥哥的不能不管。

他开门见山："我听老费说，你打算结婚？"

颜艺轻笑："老费这个大嘴巴，屁大的事都藏不住。"

颜朗气不打一处来："这么大的事，你能跟老费说，就不能跟我商量一下是吗？你要跟谁结婚、认识多久了、对方是什么样的人、什么时候结婚，我是不是有必要了解一下？"

颜艺脸上有醉意："我跟老费结婚行了吧，反正他也离了，孩子也不是他的，老费除了胖点儿花心点儿，也没什么大毛病，你俩又是哥俩好，我跟了他，也算有个好归宿。"

"你当我是傻子吗？"颜朗终于怒不可遏，狠狠地拍了眼前的茶几。

颜艺瞬间清醒过来，她挣扎着坐起来，眼里像是有火焰，她的声音都在发抖："颜朗，你才不傻，全天下数你最有心计，你以为你做下的事能瞒多久，啊？"

颜朗错愕地看着妹妹，不明白她在说些什么："喝多了吧你……"

“我那天在医院撞见了肖潇，她怀孕了，她的孩子是不是你的？”颜艺的眼神直逼哥哥。

颜朗一愣：“我是跟她在一起过不假，但是她怀孕这事我真不知道，再说了，你凭什么就认定她肚子里的孩子是我的？”颜朗气急败坏地反问。

“光我看见你们两个在一起亲热就不止一次，还有……”

“颜艺，你打心眼里觉得你哥就是个人渣，对不对？”颜朗打断她，语气愤恨然，“你有大好的事业和名声，我呢，我遭遇过的一切你能体会吗？监狱里的生活，我经历过，出来之后，我的一切都完蛋了！我以前也是津大金融系最优秀的学生，我如果没有坐牢，你有的我也能有，这么多年我辛辛苦苦是为了什么？为了弥补你从小没有完整家庭的痛苦，为了让我们不饿肚子不寄人篱下！你现在却拿你学到的本事来对付我！颜艺，你动过我的电脑，我知道你本事通天，你想搞到的信息，这世上没有人能挡得了你，但是我也提醒你，我是你唯一的亲人了，你该怎么做，自己掂量着办吧！”

颜艺愣在原地，哥哥的这番话，既是威胁，也是恳求。是啊，如果没有哥哥当年的努力，她不可能拥有现在的一切，可这并不表明，她就要对他做下的罪孽，视而不见。

秘密是关在笼子里的野兽，她亲手把钥匙捅进了锁孔，拉开了紧闭的门，野兽虎视眈眈，像要吞没了她，可颜艺知道，这只野兽只能由她放出来，她以身饲之也好，手握皮鞭狠狠驯服也罢，这都是她命里注定的。

现在是大年三十的早上，街上匆匆的人流提醒着她，这个年，恐怕又要孑然一身地过了。

跟颜朗大吵一通后，颜艺不知道他什么时候离开的，他的行李箱还在他的卧室里，他常穿的外套和衬衣少了几件，也许是住到某个女朋友那里醉生梦死去了。颜艺手撑在他卧室的门框上，屋子里残留着颜朗用的须后水的味道，淡得像是一片羽毛。

有时候她不是不会提醒自己，何必要较真呢。每年年底，她最大的心愿就是能跟哥哥团聚，一起过年，看他在寒夜放鞭炮，早上睡醒的时候，枕头下面有他封好的红包。这样含糊一点、混沌一点，安安生生地把日子过下去，不好吗？

颜艺不敢再往下想，瞬间涌上眼眶的酸意，让她仿佛看见了躯壳内那个渺小又软弱的自己。下午的阳光阴沉沉的，预报明天会有雪，颜艺觉得再待在屋子里会压抑得疯掉，她拖出自己出差常用的那个行李箱，胡乱塞了几件御寒的衣物，想了想，从抽屉里拿出所有的现金，也塞进去，拉上拉链，取了车子，加满油箱，直奔北部的山区而去。

一路风驰电掣，好在路途通畅，该回家的旅人早就倦鸟归巢，颜艺加足马力，终于在夜幕降落前，赶到了辛家村。

她依凭记忆里模糊的地图，曲曲折折地找到了坐落在深山里的一座大院。她熄了火跳下车，叩响了漆黑的铁门，院子里响起两只犬一起一落的吠声，接着是熟悉的声音："来了来了！谁啊？"

大门打开，映入眼帘的是小满的脸，他脸上的表情从疑惑瞬间转为巨大的惊喜："姐，什么风把你吹来了？！"他赶紧接过颜艺的行李，回头冲着院子里高声喊："奶奶，幸福，美美，你们看是谁来了！"

颜艺盘腿坐在农家特有的土炕上，眼前摆满了丰盛的年夜饭，小满和幸福兴奋地张罗着煮饺子，辛奶奶已经高龄八十二，身体还算强健，眼不花耳不聋，高兴地抹着眼泪：“你这孩子回来也不提前说声，我让他们去城里接你，你看你大晚上的跑来了，万一有点儿事，我怎么跟你哥交代？”

提起颜朗，大家好奇地问他怎么没一起来，颜艺装作轻松的样子，说他在国外出差呢，春节赶不回来。大家感叹两声颜朗工作辛苦，也没往心里去，依旧热热闹闹地聊着家常。

这是辛奶奶的老家，辛奶奶年事见长，有了回乡养老的打算，正好赶上小满从农学院毕业后，在附近的村落里跟着师傅学了几年果树管理，干脆先行驻扎了下来。辛奶奶用手里的积蓄，外加颜朗兄妹的资助，买下了这座院子，翻新成平平整整的六间大房。后来颜艺又资助了小满十多万，他也不辜负期望，把果树无公害栽培经营得红红火火，不但还清了贷款和借款，今年还准备扩大，引进大棚和自动灌溉系统，全部进行电脑管理。幸福本来在城里打工，一看小满这里缺人手，二话不说辞了职回辛家村帮小满创业。

辞旧迎新的鞭炮声在群山中格外响亮，辛奶奶年纪大了，熬不住，早早地睡下，大家凑在一起吃了守岁饺子，就像小时候一样。窗外的雪纷纷扬扬地洒下来，颜艺直到天色见亮才睡着。她是藏着心事来的，重重心事压得她睡不踏实，醒来一看，刚刚早上七点，原来她看见的发白的天色，不过是月光映照下的积雪。

大家聚集在辛奶奶的屋里，给老人家拜了年。颜艺给辛奶奶和上大学的美美每人一个大红包，送幸福一套高档化妆品，给小满带来了一台新的笔记本电脑。吃过早饭，日光透过玻璃照进来，她陪着辛奶奶说话，小满和幸福忙进忙出地给邻里拜年。颜艺看见小满在门口替幸福暖手，又把她的手揣进自己的羽绒服口袋里，两人相视一笑，说不出的甜蜜。

颜艺收回目光，辛奶奶叹口气：“你也看出来了，他俩有这个意思，这是好上加好的事，可我总担心。人老了，就图自己的孩子们能齐齐整整地在我眼前，别的都不重要了。”

她知道老人家想到的是颜朗和徐婉静当年的那段情，尤其是婉静，是她心尖上的孩子，就这样没了，难免让她心有戚戚。颜艺刚想安慰老人，却听外面两只犬又在狂叫，美美出去查看，没多久，颜艺就看见她带着一个高个子的男人走了进来，他站在院子里晴好的阳光下，微笑着冲她挥了挥摘下的手套。

是久未谋面的潘悦安，长身玉立地站在晴雪中，看见颜艺站在门口不可思议地看着他，还有好奇地探头的美美，他羞涩地一笑，快步走上前，把身上的大衣脱下来披在颜艺的身上。

因为父亲的关系，潘悦安在局里的日子自然不如以前舒坦自在，听骆雯说，本来应该属于他的职位升迁，也不了了之。不光是事业上受阻、人脉关系断裂，还有看得见和看不见的监控、摸得着摸不着的雷区，一重重压上来，难能可贵的是潘悦安并没有消沉下去，他迅速振作起来，如她记忆中一样，风度依旧。

颜艺抬脸笑着问他：“怎么找到这里来了，我没跟谁提过，大年三十下午才临时起意……”

潘悦安还是一贯的轻松语气：“你手机一直打不通，我问了骆雯，她说要是找不着你，就有可能进山了，山里信号不好。我跟她要了大致地址，一路摸索着开，连打听带猜，这不也到了。”

颜艺望向门外，他的宝马换成了一辆二手国产车，想必是日子没有以前好过。她赶紧把他让到屋子里，见过了辛奶奶，给老人家拜了年，才有时间喝口新沏的热茶。

他看着坐在对面的颜艺，眼神炽热而真诚：“颜艺，我有话想跟你说，本来我以为自己得等到年后你回来上班，我们才能坐下好好谈谈，”他低下头，笑着说，“但我高估了自己，昨晚知道你可能在山里，如果不是雪下得急，我很有可能会连夜开车进山来寻你。”

颜艺似乎有所察觉，不安地握紧了双手，潘悦安把她的手握在自己宽大的掌心中，她的手冰凉，他鼓勇气问她：“曾经我们有个约定，如果你处理完你的感情问题，就会考虑一下我们之间的关系是否可以更进一步，现在我郑重地问你，是否可以接受我的追求？”

他的眼里有希冀和渴求，可颜艺不知道该怎么回答他，潘悦安接着说：“我准备辞职了，我想是不是换个环境，会更容易一些。有一家外企给我提供了一个不错的offer，前途不错，我母亲也开始接受现实，努力生活。”

她明白他说的“容易”里面包含的苦涩。

“颜艺，你放心，你能双手打拼下来的生活我一样也能给你，我只要你一句话，可以，还是不可以？”

不知为什么，那一刻在她的脑海里，浮现的是另外一张精悍俊朗的脸，她的理智告诉她，童岸和她此生不会再有交集，她没有必要为了他苦候，可是心里的涟漪又不断地拍打着她，即使潘悦安再好，究竟不是她梦里的那个人。

见她不说话，潘悦安脸上的神色慢慢黯淡下去，可他还是笑着：“没关系，辛奶奶留我住下了，明天早上我回家前，你告诉我最后的答案。”

月亮透过薄薄的云层照进明亮的窗户，几颗疏朗的星子在天空眨着眼，颜艺睡不着，在床上翻来覆去。农家土炕宽大，她听着身边美美沉沉的呼吸声，心绪更加难平。

白天潘悦安的那番话让她不住地思量，他是一个百里难挑的优质男人，遇到逆境还能挣扎奋起，如果错过，很难说她在将来的某日会不会后悔，可是她的心底又有那么一点点的怀疑，她和他在一起，没有最初的心动，是否能过一辈子？

辛奶奶上年纪了，睡觉轻，她见颜艺睁着两只大眼睛在思索，摸索着给她掖掖被角："还不睡？"

"奶奶，我睡不着。"

"傻丫头，小潘今天跟你说的话，我也能猜到是什么，"辛奶奶沉思一会儿，接着说，"你的心思我知道，你和童家的那个男孩子当年的事，我虽然了解不多，但我想，这么多年过去了，除了他，你也不会再看上别人了。"

颜艺没出声，把被子拉起来盖过下巴："他又回来了，不过我们已经不可能再在一起了。"

辛奶奶摩挲她的头发："你这孩子，跟你哥一样，你们的心里住过一个人，别人就再也进不去了……这是你们的命啊。"她叹口气，"但是我的私心，还是希望你能得到像别的女孩那样的幸福，平淡点儿、平凡点儿，嫁人生子，两个人从黑发到白头，这才是福气。"

颜艺闭着眼睛，眼角湿漉漉的，这些道理她比谁都明白，可她还是不甘心，不甘心终于等得云开月明，却是这样一个结局。

她承认，即使童岸有了杜薇，和她肚子里的孩子，她还是放不下他，这种爱夹杂着恨，来得摧心蚀骨，痛不欲生。

理智告诉她，潘悦安是最好的人选，她觉得这个男人有骨气，硬朗，能给她强大的安全感，面对任何的困难都不会放弃她，她累了，不想再在感情上兜兜转转，有个人坚定地爱她，这是好事，可惜的是，想通的那一刻，她还是没出息地哭了。

第二天清早，潘悦安站在大门口，他在等着她的答案。颜艺收拾好自己，慢慢地走出来，脸色沉静，迎着新春的阳光，和山间轻柔的风，颜艺听见自己说："我答应你。"

潘悦安激动地大吼一声，抱起颜艺打了个转，美美和幸福站在院子里看着他俩笑。他放下颜艺，从口袋里掏出一个小小的绒布盒子，颜艺心脏一跳。

里面是一枚卡地亚的订婚戒指，潘悦安笨笨地替颜艺戴在中指上，深深地吻了她的手。颜艺回头看看辛奶奶，老人的眼睛里满是祝福。

她抬头看着潘悦安，阳光晴好，在他的头发上洒下一层金粉，他低下头，轻轻地吻上她的额头，颜艺听他低声说，我会对你好的。

很多年前，也有人在她耳边轻声说出这六个字，只是今非昔比，今人也不再是故人，颈间的那个老式的龙凤吊坠，凉凉的，像是隔夜的眼泪。

这个时代，传播最快的，除了明星怀孕出轨离婚的八卦外，就是熟人的婚讯了。潘悦安初三上午回的津洲市，颜艺一直待到吃过了"破五"的饺子，才往回返。

初六闲来无事，骆雯邀颜艺出来陪她给孩子挑个婴儿床。薛司宇值班，打电话给颜艺絮絮叨叨地嘱咐她看住骆雯别让她乱吃东西，她血糖有些高，要忌口不能吃甜食，淀粉含量高的也不行，还有，骆雯已经出现了水肿，不能让她乱逛的时间太长，颜艺恨不能拍胸脯保证，一定会伺候好他家的皇后。

颜艺见了骆雯，自然有说不完的话，骆雯眼尖，一眼看见了她左手上的订婚戒指，惊喜地大叫："童岸这小子不声不响……"

她不自然地笑了一下："不，不是他，这是潘悦安送的。"

看着骆雯不解的目光，颜艺把事情的经过原原本本地告诉了骆雯。

说这些的时候，她以为自己已经麻木了，可是她的心里还是很疼，嗞嗞啦啦的，像是有一把钝刀在割着她的心脏。骆雯不敢相信听到的一切，她问颜艺其中是不是有什么误会。

颜艺叹口气："不可能是误会，他自己都承认了，童岸这人，我太了解，他没做过的事，拿刀逼着他都不会乱认的。"她无所谓地笑笑，"没关系，这样也好，我彻底死心了。"她摇摇自己的左手，那枚戒指在阳光下闪闪发亮。

骆雯捧着眼前的茶杯也有些感慨："本来以为你们能破镜重圆，没想到……不过小潘人很好，待你也好，虽然现在他家不如以前了，但凭他的本事再出头也就是几年的事，"她停顿一下，伸手抱住了颜艺，"别难过了，就当童岸从来没有出现过。颜艺，你不能再消沉下去了，你为了他再伤心，都是不值得。"

骆雯的肚子里的小人儿像是帮着妈妈，狠狠地踢了一脚贴着骆雯的颜艺，颜艺笑了一下，忍住了眼泪："你看看你儿子，都知道告诉我，听你的话，"她深深地吸一口气，偷着擦掉了眼泪，强笑道，"连小宝宝都知道的道理，我怎么会不懂，放心吧，我知道该怎么办。"

她们坐在冬日下午的阳光中，阳光暖暖地打在颜艺的身上，可她还是觉得冷，宛如坠入深不见底的冰海，不能逃生。

杜老板最近总是行色匆匆，童岸经常一天到晚见不到他的人影，现在他把车厂托付给沈先生打理，抓紧时间，教给他怎么联系下线，怎么收回“货款”，怎样利用车厂的账目，把这些钱洗干净。童岸头脑极好，又有悟性，两三次之后就能独自担当，这让杜老板很欣慰。

南美那边的供货商一直要求涨价，杜老板接到的各种消息传达出来的都是风声渐紧，他看看肚子一天天大起来的女儿，再看看童岸，这小子是个好助手，也是个好材料，胆子大，能闷得气做事，可惜太年轻，不然再培养几年，这片江山交给他说不定还能壮大，但是他不能等了，杜老板觉得，这些年赚到的钱几辈子都花不了，也该到了金盆洗手急流勇退的时候。

他这些想法对谁都没有提过，当务之急是想办法清货，不然真撞在警察的枪口下就太憋屈了。他把能吃进他存货的下家都细细地盘算了一遍，较小的散户留给童岸，大的、有资金实力的老客户，他自己来处理。

这个春节过得冷冷清清的，杜薇妊娠反应剧烈，吐得起不来床，每一餐饭都要童岸给她端到床边陪她吃才行。别墅里的保姆们有几个回老家过年了，剩下一个没走，杜老板加了四倍的工资，留她在这里做做饭打扫卫生。

屋子里面空荡荡的，窗外的鞭炮声传进来，似乎每一个角落都有回音。以往在国外，童岸也是一个人过春节，无非是买点儿华人超市里的速冻水饺煮一煮，就当年夜饭了。今年他回到了故土，一颗心却更加孤独。

很多次他都想打电话给颜艺，不为别的，就想听听她的声音，似乎这是他危险而隐蔽生活的唯一慰藉，可他也明白，不能因为这一点儿女情长，耽误了这次行动的整体部署，于是只好将波澜起伏的心狠狠地按压下去。直到有一天，薛司宇给他发来一条让他心惊胆战的消息。

“颜艺要结婚了，未婚夫是我婚礼上的伴郎，这件事你怎么看？”

短信的结尾还配上一个“笑嘻嘻”的表情符号，看似符合薛司宇一贯的没心没肺，却也仿佛一盆夹杂着冰碴的冷水从头顶泼下来。童岸愣在原地，手指在屏幕上滑来滑去，不知该怎么回答，或是询问。

他知道那个男人，在薛司宇的婚礼上把颜艺高高举起来抢花球，器宇不凡，两个人在那天几乎要抢尽来宾的视线焦点，简直是天造地设的一对璧人。他苦涩地回想起颜艺那天巧笑嫣然的样子，没来由地暗生焦躁。

（28）

春节后开工第一天，颜艺戴着那枚卡地亚的戒指出现在了泰格，小项给颜艺送文件的时候一眼看见了，激动地拉着她的手大叫，颜艺笑着看她激动的样子，知道这件事很快就会在公司内传遍。

果不其然，一个小时以后，老费的电话就过来了：“颜艺，来我这里一下。”

颜艺推开老费办公室的门，他假装镇定地咳了两声：“我说，这事是真的？”

她明白他问的是什么意思，直截了当地回答：“真的。”

“你哥知道吗？”

“也许。”

“你对他了解吗？”

“算吧。”

老费终于耐不住了："到底是什么样的人物，就这么把你给收走了？你是不是连我这个大哥也想瞒着？我可跟你说，我老费是为了你好才多问两句，别人的话我都懒得搭理。"

颜艺浅笑，脸上有说不出的沉静："我要结婚的对象叫潘悦安，检察院前检察长潘启文的儿子，我们相识有半年左右，觉得性情相投、年龄相当，愿意携手共度下半生。"

老费惊愕："那你以前那个男朋友？"他和她是老友旧识，她以前的感情他也有所耳闻。

她还是保持浅笑："我就当他死了。"

老费颔首，不知该说什么。

颜艺知道，不出一个小时，颜朗就会得到一模一样的消息。

她真想看见当哥哥听说妹妹和潘启文的儿子订婚时，脸上会是什么样的表情。她无所谓，颜朗做下的恶果，也该让他尝尝报应不爽的滋味。

下班回到家已经是晚上八点多，潘悦安约她吃完饭才开车回来。颜艺打开房门，一股熟悉的香烟味道袅袅飘来，客厅没有开灯，一点猩红色的火光在黑夜里忽明忽暗。

是躺在沙发上抽烟的颜朗，颜艺把手里的车钥匙放在玄关的鞋柜上，伸手刚想去开灯，颜朗低沉地说："颜艺，你过来。"

她缓缓地走过去，站在哥哥的面前，冷不防颜朗站起来反手给了她一个响亮的耳光。颜艺脑袋一蒙，嘴角腥甜，她抬起手背擦了一下，牙齿磕破了嘴唇，一手的血。

窗外的灯光透过来，打在他的脸上有模糊的光晕，颜朗偏过头厉声问她："你知不知道潘悦安是谁的儿子，啊？你就这么舍得自己往火坑里跳？”

不出她所料，老费用最快的速度告诉了颜朗她要结婚的事，当然，结婚对象是潘悦安这件事更是让颜朗大动肝火。

“我想你比我更清楚他是谁。”颜艺平静地说，颜朗不是傻子，她相信哥哥能领悟她话里的意思。

外面有汽车开过，车灯扫过来，颜朗脸上阴晴不定。他心疼颜艺肿起的脸，伸手想抚慰她的伤，颜艺却一偏脸躲开，往后面退了两步。颜朗想起母亲去世后，她也是这样小心翼翼地想躲到什么地方去，那个时候的颜艺还会哭，不像现在只知道木着一张脸，不怒也不悲。

颜朗后悔自己下手重了，他实在是恼了，他没想到潘悦安这么有种，他敢把自己的老子举报了，还敢在家里一落千丈之后继续追求他的妹妹。如果颜艺稍有理智也不会上了他的当，古怪的是，她轻易地就答应了这桩荒唐的婚事。

颜朗算准了潘家的痛处，可悲的是他没有想过有一天颜艺如果插手，这件事会向什么方向发展。

颜艺叹口气，恢复了理智，她像往日下班回家那样，放下手袋，脱下大衣挂在衣帽间，换下脚上的靴子，给自己倒水喝；她在房间里随意走动，然后沉着冷静地把潘悦安怎么收到艳照和受贿资料，为什么会找她，她又是怎样顺藤摸瓜根据路由器发现邮件是颜朗发出来的事情，娓转道来，像是和兄长谈着一天的见闻，有的没的，但她知道，现在的颜朗如坐针毡。

许久的沉默之后，颜朗开口：“刚才，是我冲动了……颜艺，我不是故意的，我不能看着姓潘的害了你，我宁愿你和童岸在一起，潘悦安太知道怎么利用你了！”

颜艺轻笑，像是听到哥哥讲给她一句笑话：“潘悦安挺好的，别的不说，他比你们更坦诚，更像个男人。”

颜朗不屑地皱皱眉头：“一个官宦子弟，知道什么人间疾苦，无非是豪宅豪车没了，就像落进了贫民窟。我看他现在的日子照样过得风光，谁能体会我们当年的难处？”

屋子里有烟草苦涩清凉的味道，颜艺依旧站在那里，似乎在说给自己听：“我们吃过的苦、受过的罪，一定要在别人身上讨回来吗？如果这样的话，我们和那些对我们造孽的人，又有什么区别？”她在夜色里轻笑，“哥哥，我们俩也不是什么好货色，一丘之貉罢了，如果你是凶手，那么我也起码也是个帮凶。”

她从沙发上站起来，磕磕绊绊地往卧室跑，翻箱倒柜地找了一通，她手里攥着一张磋磨得已经皱巴的纸，冲到颜朗面前，啪地拍在颜朗面前，颤声问道：“这个，你的记忆力不比我差，你总该记得吧？”

颜朗拿起来，在窗台的月光下仔细一看，顿时面色煞白，这张纸虽然是复印件，但是上面的字迹清清楚楚，一笔一画都是出自他的手，尤其是最后的签字日期，更是触目惊心。

他还想辩解，颜艺根本不给哥哥机会，她接着扔出一张冲洗放大的照片，大雪纷飞，可是依旧遮盖不住颜朗的身影，照片上，他正掏出钱包给水管工还有当年的证人递出一张银行卡。

当时连童岸都没有注意到，颜艺神使鬼差地用手机录下了这段视频。很多个深夜，她不是没有想过删掉这段视频，留着总是一颗定时炸弹，但千思百虑之后，颜艺还是把它留了下来，还把最关键的一幕截屏冲印。

也许在她的潜意识里，今晚的这一幕迟早会发生。

哥哥脸上惊慌失措的表情，像是匕首一样狠狠扎着颜艺的心，颜朗张不开嘴，许久，他才跌坐回沙发，喃喃地问她：“你是怎么知道的？”

“这重要吗？”颜艺的声音听起来像是游魂，缥缈不定，颜艺打开客厅所有的灯，刹那灯光满室，他们在昏暗中待得太久，眼睛有刺痛的感觉，“你做过什么，需要我帮你解说吗？”

她的脸上有恨意：“哥，别让我看不起你，也别让我恨你，你也只有我了。”

颜朗的脸上有罕见的颓然，他把烟狠狠地摁熄在烟灰缸里，时间在那一刻像是某种质地稠密的液体，滞重而艰涩，客厅里没有一点声音，连窗外的夜风都显得格外喧嚣。

他站起来走到颜艺身前，眼睛里有说不出的黯然：“颜艺，我都是为了你好，童岸和潘悦安，都不是你的未来，真的，不要和他结婚，”说完，他自嘲般一笑，“我是没什么打算的人了，过一天是一天，但你不能像我一样，无可救药。”

颜艺不说话，他越是这样，她越觉得眼前的哥哥，已经完全变成了另外一个人，他有太多的秘密，可他似乎并不觉得这些秘密是他的负担，一个人的心里要强大或扭曲到什么地步，才能在秘密的阴影下生活？

她没有哭泣，可是脸上却湿漉漉一片，颜艺伸手抱住哥哥，像是小时候那样，哥哥是她唯一的家人，他们之间没有秘密：“哥，我求你，收手吧，我们没过过几天好日子，为什么还要用别人的过错折磨自己、折磨别人呢？我们是无辜的，童岸也是，潘悦安也是，肖潇也是，还有表哥，他们又有什么过错？哥，我只要我们两个好好活着，我什么都不要……”

她怀抱中的这个男人，如此熟悉又如此疏离，他那么亲切，又那么可怕，那么阴谲，又那么脆弱，若非能听到哥哥的心跳，她都要怀疑自己抱着的是一尊石化的雕像。

长久的沉默之后，颜朗用手摸摸妹妹的头发，干笑一声："你箍得我喘不上来气了……好了，以后我收心不贪玩就是了，"他见颜艺抬起脸看着自己，脸上的泪痕未干，放软语气，"我尊重你的决定，我祝福你。"

一夜料峭的寒风，拍打着窗户，颜艺睡不安稳，直到黎明时分窗帘外面微微透出曙光，她才睡着。再醒来，已经是早上，她起床喝水，才发现餐桌上放着一张纸条，是颜朗的字迹。

"保重。"

颜艺四顾，属于颜朗的东西在一夜之间全部消失，他随手乱放的飞利浦剃须刀、卧室里那个常用的皮箱……都不见了。她打开哥哥的衣柜，平时满满的衣服，现在只剩下原来的三分之一，还有他的那把房门钥匙，端端正正地摆在鞋柜上……他是不打算回来了。

她知道，他们终须这样的一个告别。

他们不再是当年的那两个孤儿，他们已经长大，最终会渐行渐远，即使他们的本心不是这样，也逃不过岁月早就安排好的结局。

节后的日子依旧忙碌，潘悦安和母亲说了跟颜艺的婚事，潘母高兴得有些惶然，絮絮叨叨地说着要会一会亲家。潘悦安到这时才说，颜艺是孤儿，从小在民间孤儿院长大的，只有一个哥哥。潘母连连点头，挺好，这样人家也不会嫌弃咱家落魄了。

潘母现下住在家里，只留了宋嫂一个保姆，潘悦安和宋嫂相视一眼，又别过了目光。三口人商量了一下，晚上请颜艺来家里吃饭，毕竟要成为一家人了，要多聚聚。潘悦安向颜艺转达了这个邀请，他知道颜艺工作忙，也知道她一向懒得应对人情往来，做好了她会拒绝的打算，没想到她痛快地答应下来，并且要了他家的地址。

挂了电话的那一刻，颜艺才真切地感觉到，自己真的是在朝婚姻的路上一步步地走过去，也许现在回头还来得及，可是又有什么用呢，即使回头，她的背后也没有谁在等她。

这顿饭吃得宾主尽欢，身穿裸粉色羊绒连衣裙的颜艺给家里增添了不少的喜气，潘母的手艺并没有她自己说得那么好，可大家知道她难得高兴，所以吃得十分卖力。饭后潘母看天色不早，让儿子把颜艺送回家。

直到在颜艺楼下停好车，颜艺刚要开车门，潘悦安轻轻地抓住她的手，颜艺不知所措地看着他，潘悦安鼓足勇气问她：“要不要我送你到家，你一个人上楼我不放心……”

颜艺不作声，她是成年人，不是不懂得潘悦安话里的暗示，今天在饭桌上，潘母兴致勃勃地给他们查了皇历，月底就有极好的日子，不如把证领了，房子车子都是现成的，赶紧张罗婚礼酒席还有蜜月，这个年一过，两个人又长了一岁，婚事是要加速度办了。

当时她微笑着没有说什么，她觉得这样挺好，如果依着她的性子，这个婚事很可能有一搭无一搭地拖着，最终也不知道会有个什么样的收场。现在有老人催促着，她觉得也是一个动力。潘悦安转过头问她的意思，颜艺听见自己说：“好，就这样办吧。”

终身大事也没什么大不了的，甚至还不如一个项目的合同来得重要，颜艺明白潘悦安的暗示，虽然表了态，可是她的身体和灵魂似乎还没有跟上节奏，他是个男人，她能理解，可是她还是艰难地开口：“我今晚要赶个报告。”

潘悦安点点头，他急不得，颜艺是一块冰，他只能慢慢焐。他目送她走进楼道，看着她打开房间里的灯，才驾车缓缓离开。

收网行动缓慢而不动声色地展开，童岸提供的情报准确翔实，杜老板年后会跟他的上线进行一次大宗“货物”交易，这可能是杜老板金盆洗手前的最后一笔生意了。杜薇出事后杜老板越发地谨慎，再加上上了年纪，心力大不如前，移民国外的念头更加坚定。

这都是杜薇告诉童岸的，童岸也听到过投资移民的中介给杜薇打电话，她想去美国生孩子，凭借孩子的身份取得在美国的居留权。和杜老板吃饭的时候，杜老板也说过，再进些货，走私发动机那条线让左军搅得他这几年没挣下多少钱，除掉人工成本之后，还赔进去不少，他指望着再捞一票，赚个养老的防身钱，就带着女儿女婿彻底离开津洲。

仿佛大战开启前最后的安宁时光，这座别墅里依旧过着日常的生活，杜薇买了许多小衣服小鞋子，洗完之后在阳光下晒着。她养的那只猫不喜欢她，只喜欢黏着童岸，让童岸给它梳毛，童岸有一下没一下地摸着猫，黑猫转过头看着他，慵懒地叫了一声，一双明亮的眸子定定地看着他，童岸叹口气，他不敢看这样的眼睛，他站起身，把猫放了出去。

这样的日子很快就要到尽头，就像一场重要的考试，考完了，只是一时的轻松，烦恼依旧不会随着考试的结束而消失。颜艺现在怎样，童岸不敢去想，也不愿去想，她伤透了心，他怕她恨他，更怕的是颜艺不恨他。

不恨，就代表要忘记了，童岸想，颜艺的记忆力出奇地好，她再怎样，也不会忘了他吧。

她给他装的那个游戏软件，成了他和陈慕阳还有欧队长的联络工具，他们找了计算机专家，破解了通讯功能，在每个人的手机上都装了同样的程序。童岸将这些天来观察到的情况，完完全全地传达给了他们。他们在那边暗中排兵布阵，只等最后一击。

吃过晚饭，杜老板把童岸叫到书房，问他准备得怎样了，童岸把下线的名单给他看，谁能吃进大份额的货，谁家最近动静小，还有谁拖着欠款，暂时不能供货，整理得一清二楚，杜老板很满意，夸他脑子灵光，不愧是读过书的人。

杜老板坐在角落的阴影里，童岸看不清他脸上的神色，杜老板笑了笑，眼睛里有狡猾的神色，他说："到那天，你跟我一起去，薇薇留在家里，她肚子大了，行动不方便，回来咱们爷俩好好喝两杯，国外也不知道有没有上好的陈年茅台，喝一杯少一杯了。"

童岸躺在床上，看窗外星光点点，郊外已经是早春，枝叶萌发，他想着即将到来的战役，睡不着，打开手机里的游戏软件，里面颜艺的头像是灰色的，他手指点了点，看到聊天信息里颜艺曾经发来的那个"V"表情，心里顿时安静下来，就当这是她在保佑他，一切顺利吧。

骆雯快生产了，最近胎象有些不稳，骆母腰椎病犯了，照顾自己尚且费力，再加上薛司宇临时被抓去出远差，于是颜艺一得空就往骆雯那儿跑，她现在身子不便，医院酌情让她休息几天，颜艺干脆收拾了随身衣物，吃住都在她那儿。

担心骆雯夜里有突发状况，颜艺和她睡在主卧宽大的床上。胎儿调皮，夜里正是活跃的时候，骆雯睡不踏实，颜艺最近失眠得厉害，睁着眼睛想事情。骆雯推推她："要当新娘子的人了，怎么老是一副不开心的样子？"

"结婚……对一个女人来说，很重要吗？"

骆雯抚着肚皮笑了笑："能和自己爱的人在一起，这就是婚姻的意义吧，除此之外，真没什么重要的了。"

颜艺有些怅然："以前我觉得，至少潘悦安还是爱我的，哪怕我没有那么爱他，可是现在我连这一点都不能确定了。"

骆雯睁大眼睛看着她，颜艺怕说多了她心情波动，只好笑笑："我可能是有点恐婚……"

骆雯知道她的心结，把头朝她的方向靠了靠："你还想着他，是吗？"

颜艺叹口气："说实话，不怎么想了，想起他，就会连带着想起他已经是一个孩子的父亲，我受不了，也不愿再拿这个折磨自己了。"

骆雯说了些什么，她只是怔怔地听着，想起今晚潘悦安请她去自己住的地方看看，有没有什么要重新装修布置的地方，毕竟以后颜艺要搬过来住的。

他在客厅沏茶，颜艺在几个房间里转悠，潘悦安卧室床头有个抽屉没有关好，她强迫症犯了，顺手一关，里面有个东西卡在那里。颜艺打开抽屉，发现是一个相框，粗看之下，以为是自己的照片，细看了才发现女孩长得竟和她有七分的相似，只是年纪小了很多，更醒目的是，女孩嘴角有一颗明显的黑痣。

相片的背景是一片大海，底部写着一行小字，是潘悦安的字迹——"只盼伊人在我旁。"

颜艺胸口一闷，想起潘悦安探病时画的那幅速写，还有上面不经意的一点墨，一切事件串联起来，仿佛在这个瞬间清晰，她脑子里却糊涂起来，不知道自己此时此刻待在这里，还有什么意义。

她抓起自己的包匆匆离开，甚至忘了穿大衣，潘悦安追出来，颜艺脸上的慌张是藏不住的，她接过大衣，踟蹰着不知该不该问他。可是问什么呢，每个人都有不愿提及的过往，她对他，做到百分百的真诚了吗?

她扯了个谎，说骆雯胎动厉害，她得赶紧去看看，潘悦安不清楚短短几分钟内发生了什么，但他也不好多问，放她回去了。

颜艺开着车，潘悦安住的地方她来得少，附近又是单行道，左转右转就是找不到去骆雯家的路，她任由自己漫无目的地在街上瞎跑，车子引擎的轰鸣，让她不至于崩溃。

骆雯侧过身躺着，半闭着眼睛，似睡非睡："婚姻还是要看缘分的，缘分到了，就是那个人了。"

颜艺许久没有说话，骆雯的呼吸慢慢平缓，应该是睡着了，颜艺侧过脸，心里的那个念头，浮上来，又被她按下去。

她想查一个人的某段往事，易如反掌，现在网络如此发达，任何事都会在网上留下蛛丝马迹，凭她的技术，可能只需一杯咖啡的时间就能查出来，可是这样对她有什么好处?

她要学会给自己一条生路，也给别人一条生路。

交易的地点在山里的一个水库边上，杜老板带了童岸，还有几个脸熟的手下，开了一辆山地越野车、一个小型的封闭式货车，一前一后地往山里开。这段线路童岸之前并不知道，杜老板也是出发前一小时才收到接头的信息。他没多说什么，扔给童岸一个沉甸甸的黑色旅行箱，童岸接过，载了杜老板往山里去。

出发前童岸躲在卫生间里给陈慕阳发了一个消息，用暗语告诉他一个小时后就是交易的时间，尚未等陈慕阳回复，杜老板就喊他出来，收走了童岸的手机。童岸不知道陈慕阳他们是怎样安排的，他的手机不在身边，他不知道欧队长能不能跟上他的路线。出来的时间早，天色刚亮就上路了，一路上清静，欧队长若想派车跟踪肯定会被发现，童岸心里着急，却又只能自己忍住。

他们到了，对方还未出现，童岸站在水库边抽烟四顾，真是一个做见不得人的买卖的好地方，僻静，附近也没什么建筑物，想藏个人都困难。不一会儿，他远远地看到一辆破旧的小面包车驶来，后面跟着一辆山地型Jeep，尘土飞扬。

等两辆车停稳，童岸眯着眼打量车上走下来的几个人，有一人的轮廓十分眼熟，那人走在最后，戴着一副深色墨镜，见了迎上来的杜老板一行，却站在了原地，神色古怪。

童岸以为对方看出了什么破绽，正在纳闷，那人缓缓地摘下了墨镜，看见他面容的一瞬，童岸的瞳孔猛然一缩，像是暴露在了最烈的火焰面前。

前来交易的，不是别人，正是颜朗。

童岸仿佛泥胎塑的雕像，呆在了原地，怎么会是他？怎么可能会是他？

各种疑问涌上来，杜老板推推他，示意他上前，介绍道："这是颜老板，咱们这几年发财，靠的就是颜老板的好货，呵呵呵……"

颜朗似乎也没搞清楚眼前的状况，他朝童岸抬抬下巴，语气不善："姓童的，你怎么在这儿？"

童岸在这一刻明白过来，原来颜朗就是陈慕阳他们所说的那个上线，也就是真正的幕后大毒枭。他脑子很乱，颜艺知不知道他哥做的什么生意，她会不会牵连其中?

战斗在他出神的那一刻打响，不知哪里埋伏好的特警队员犹如天降神兵，迅速将参与交易的人员包围起来。抓捕时杜老板反抗了，谁也没想到他身上藏着一把92式手枪，陈慕阳跑在前面，被一枪撂倒，万幸只是伤了胳膊，欧队长没等杜老板有机会开第二枪，飞身扑上去把他死死地摁在地上，杜老板肥胖的身躯趴在地上，脸贴着早春还没化冻的土地，一副灰败的颓丧样子，周围几个毛头小子吓傻了，乖乖束手就擒。

颜朗见机不妙，转身就跑，童岸心里只有一个念头，这一次不能再让颜朗逃脱，他紧追不舍，颜朗就在一臂之远，他对地形远比童岸熟悉。前面是个断崖，童岸近在耳畔的脚步声逼得颜朗无处可逃，只能狗急跳墙纵身朝水库方向跳下，童岸一个箭步冲上去想拉住他，可是没有拉住。童岸心急，冲击过猛，一头栽进一片冰凉的水中。

（29）

再醒来是在医院，童岸从负责照顾自己的女警员口中得知，自己因为失控被水拍晕，轻度脑损伤，做过CT检查，没有大碍，但是需要卧床休息。病房里只有他一个病号，女警员见他醒了，走开给他倒水喝，她告诉童岸，除了主犯之一的颜朗，所有涉案人员均已伏法。

又过了几天，童岸在病床上无聊得要死，有人敲门，他抬头一看，是包着绷带一脸笑嘻嘻的陈慕阳。

“消息有好有坏，你先听哪个？”

“好消息。”

“修车厂已经被封，那个姓沈的嫌疑人也被控制了，杜薇被带走调查，总体上这次行动非常成功，领导口头嘉奖了你，局里现在正在给你申报正式嘉奖。”

陈慕阳收起脸上的笑意：“不好的消息是，现在仍不知颜朗是死是活，警方安排人员带了警犬搜索水库，没有他的下落。”

童岸没有开口，他听着陈慕阳的分析：“颜朗的反侦察能力出乎我们的预料，搜索不到他的定位，也不知道他身上有没有武器，给周边省市兄弟单位的通缉令已经发出去了，但是直到现在也完全没有他的下落。”

他们同时想到一个人，可谁都没有开口，她是他的妹妹，颜艺对所发生的一切，现在还无知无觉，可就在这无知中，她再一次无辜地卷进颜朗造下的罪孽里。

一切都结束了，一切又像是从未开始。

局里针对宏达车厂贩毒案开了一个临时的紧急会议，会议的中心内容就是如何在最短的时间内抓捕颜朗，他有海外生存的能力，这么多年神不知鬼不觉地做着两大洲之间的贩毒生意，逃亡的能力超出警方的预想，一旦他逃到海外，无异于放虎归山，后患无穷。

投影仪里出现颜艺的照片时，陈慕阳的太阳穴一阵突突猛跳，他知道这一天早晚会来。果不其然，金处长和欧队长的想法都是想要争取颜艺的配合，她是颜朗唯一在世的亲人，就他们所知，颜朗对这个妹妹极为呵护，如果争取到颜艺的合作，也许是一条可行的路子。现在的问题是，颜艺是计算机专家，她在童岸的手机里随便弄个小程序就可以进行秘密联络，如果她用同样的方法给颜朗通风报信，导致整个抓捕行动失败，也不是没有风险。

陈慕阳气呼呼地站起来，也顾不上纪律了：“颜艺不是这样的人！”

金处长、欧队长还有队员们诧异地看着他，陈慕阳顾不得许多，挥着未受伤的手臂：“她有原则，她不是个是非不分的糊涂蛋，我认识她很多年，颜艺可以为我们争取时间抓捕颜朗，这个我能保证！”

金处长没说什么，示意陈慕阳坐下，大家开会讨论了半天，也没有什么更好的办法，处长和欧队长两个人决定走一步险棋，让陈慕阳去做颜艺的思想工作，争取到她的配合，防止颜朗进一步外逃。

泰格的前台小姐对陈慕阳不陌生，这个俊俏的男生这两年没少往这儿跑，她们私底下也聊过，小伙子长得精神，还特别有心，每次来都少不了带时下最新鲜的点心饮料贿赂她们，目的就是能帮着通报永远忙得不可开交的小颜总。小姑娘们说笑间也有些惋惜，人家的青眼和热切劲儿，从来不是给她们中的某一人准备的。

颜艺进办公室的时候一直低头看手里的文件，直到陈慕阳轻声喊了一句“颜艺”，她才猛然醒悟前台告诉她陈先生有急事求见，她忙糊涂了，一时愣在原地，脸上的表情呆呆的。很长时间没有见到他了，现在陈慕阳站在她眼前，似乎又长高了一截，眉眼还是那副眉眼，但也有了男人成熟的味道。

颜艺侧过脸，刚想张嘴喊小项倒茶，陈慕阳低声打断了她：“颜艺，我这次来有很重要的事情跟你商量。”

颜艺坐在他的旁边，一字一句听得很清楚，每一句她都明白是什么意思，可是串联到一起，她就完全糊涂了，颜朗是贩毒集团的海外供货商，这怎么可能？还有，童岸是潜伏进这个贩毒团伙的警方线人，杜薇肚子里的孩子跟他半毛钱关系也没有，一切都是假的？那什么是真的，谁说的话她才能相信？

对她来说最重要的两个男人，藏着那么多的秘密，谁可以信任？谁可以依靠？如果陈慕阳说的是真的，颜朗犯下的是必死的大罪，而童岸瞒着她从事这么危险的事情……她的脑子里越来越乱，宛如一台高速运转的计算机，原本设定好的算法因为一点点小的偏差，突然间全乱了套，这一团乱麻样的数据在她脑海里越转越快，终于轰的一声，像是有什么崩塌了，又像是什么东西砸了下来，她措手不及躲不开，哀号了一声，抱着头弯腰瑟缩在沙发上。

陈慕阳不知该怎么安慰她，这么大的事，对她来说不啻于天塌了，颜艺不是个软弱的女子，可事出突然，换成个男人也扛不住，颜艺痛苦地抱着头，一直喃喃自语："你骗我，你们都在骗我……"

最终陈慕阳不放心她，跟她的助理打好了招呼，送她回了家。到家的时候颜艺的情况略好一点，脸色依旧苍白，神智略清醒了些。陈慕阳看着她栽倒在床上的身影，心里有些懊悔，他忘了案件中关键的两个人，童岸和颜朗，每一个都是她的命门，尤其是颜朗，对她来说，几乎就是她生命的支撑。

颜艺似乎睡着了，裹着外套一动不动，陈慕阳找出被子替她盖好，在客厅坐了一会儿，看着她无大碍，才轻轻地走出去。他把门关上的那一刻，颜艺的眼睛在黑暗中猛然睁开，她慢慢坐起来，一点点整理好陈慕阳对她说的一切。

他说，案件中还有一个人物，叫肖潇。可惜的是警方搜索所有与颜朗来往的人员时，发现肖潇已经很久没有与外界联系，等他们破门而入时，才发现肖潇已经暴毙，死因是吸入毒品过量，她还有四个月的身孕，一尸两命。她母亲因为卷入潘启文贪腐案，现在也在隔离审查，通知了她女儿的事，陈宝珠一夜之间，鬓发全白。想到这个，颜艺的眼泪哗哗地淌，为了那个未见天日的孩子，为了颜朗的骨肉，她恨极了哥哥，也恨死了自己。

明明已经摸索到了他犯罪的踪迹，只是因为她的怯懦，就让颜朗在泥沼里越陷越深，都是因为她，都是因为她的软弱。想到这里，脑中的轰鸣声再次响起，经久不散，颜艺知道，自己脑子里的那根弦，绷了这么多年，终究还是断掉了。

在医院里待了三天，童岸觉得无聊到死，手机被负责照顾他的女警收走了，美其名曰医生叮嘱过了，要他多休息。陈慕阳好几天也不见踪影，童岸也打听不到案件的最新情况，守在他病房门口的几个便衣与其说嘴巴很严套不出什么有用的信息，不如说欧队长他们的保密工作做得太好，案情重大，非案件相关工作人员，一律不能打听案件进展。

童岸百无聊赖在医院里瞎溜达，后面远远跟着保护他的便衣，他从外科走廊路过，正撞上前来换药的陈慕阳，赶紧上前拉住他。

俩人躲在医院的小花园里抽烟，陈慕阳一脸心事重重的样子，童岸以为案情又有了什么重大变化，陈慕阳摆摆手："不是那个，是颜艺的事。"

童岸最听不得的就是颜艺出了什么事，颜朗涉案，他最担心的就是颜艺，陈慕阳见他着急，只好说道："颜艺退婚了，我也是昨天才听我妈说的，她这些天一直支棱着耳朵打听潘家的婚事，是她告诉我的，俩人吹了。"

童岸不出声，陈慕阳继续说："我妈只打听到是女方主动提出来的，说她哥哥出了点儿事，当下不是结婚的时候，我妈还奇怪，妹妹结婚，跟哥哥有什么关系？我烦她没事瞎打听家长里短的，什么都没告诉她。”

“颜艺她……知道了多少？”

“基本上全跟她说了，她哥的事，还有你的事，估计提出不结婚是她自己的意思，潘家已经出了那么大的事，她也担心自己哥哥的事会再次连累潘家。”

烟卷的火星烧到手指，童岸才猛地一醒，这个世界上最可怜的人就是颜艺，整件事里最无辜却又被伤害最深的人，也是她。

“我打电话给她助理，她说小颜总请了病假，好几天没去上班了，泰格的另外一个老板，曾经是颜朗的学长，俩人关系匪浅，也带回局里问过了，没什么有用的信息。”他把烟头扔进垃圾箱，“我还是担心她，颜艺听说这件事后，整个人浑浑噩噩的，有些犯糊涂，也不知道她现在情况怎么样了，打电话她关机，去她家敲门也没人应，她家附近我们已经埋伏好了队员，颜朗如果回来看她分分钟能抓活的，但是传回来的消息是，好几天了，只见到那天我送颜艺回去，从未见到有人出去。”

“她会不会想不开……”童岸的手心攥出了冷汗。

“不会，他们说观察到颜艺还在房间里走动，只是没有出来过。”

童岸一时也待不住了，他眉头紧锁：“我要见颜艺一面。”

“不行，队长说过，没有批准，任何相关人员不能私下接触颜艺……”

童岸抬头一笑，脸上依旧是那种邪性的笑：“我要见她，你拦得住我吗？跟你打声招呼而已。”

陈慕阳气急，心里却也清楚，现在颜艺的状态不好，她要是出了事，他死一万次都不足惜，于是他咬了咬牙，看看四周：“你要真打算去，我掩护你，快去快回。”

童岸拍拍他的肩膀：“放心，不会连累你。”

他换了陈慕阳的衣服从医院溜出来，站在颜艺家的门外。

童岸按了半天门铃，也没有人来开门，他冲旁边的师傅做了个手势：“开锁吧。”

师傅有些犹豫，慢吞吞地问：“这是你家吗？我不能随便就给你开锁。”

童岸塞给他几张百元钞，师傅眉开眼笑：“我就是确定一下，您稍等啊，我干活很快的。”

几分钟之后，师傅擦着汗说：“可以了。”童岸付了钱，推门进去。

阴天，屋子里没开窗户，有一股空气不流通的污浊感，童岸慢慢向屋子里走去，找不到颜艺，他有些心焦，生怕她出了什么意外。

他在她卧室的角落里发现了她，颜艺蹲坐在地上，抱着膝盖，无知无觉。童岸轻轻走过去，蹲下来看着她，颜艺似乎没有任何反应，童岸见她身上依旧穿着外套，脚上的鞋子也没有换，童岸心疼，轻轻唤了一句：“颜艺……”

颜艺艰难地抬起头，双颊上的肉都瘦下去了，童岸心里发紧，她目光涣散，似乎不认得他了，她努力看了半天，才幽幽地开口：“你知道我哥哥去哪儿了吗？”

童岸再也控制不住，一把把她揽在怀里，颜艺任由他这样抱着，他宁愿她像以前一样，骂他浑蛋王八蛋，也不要她像一个失去了灵魂的木偶。

他跪在地上抱着她，紧紧地抱着她，童岸心里只有一个念头，她如果真的疯了，他也不在乎，大不了养她一辈子，一辈子也没多长，他只求能在一起过完剩下的半生。

凌晨四点左右，童岸蒙眬之中听见有人在低声说话，再一转头，睡在身边的颜艺不见了，他一个激灵醒过来，悄悄起身，躲在门后听客厅里的动静。

颜艺握着电话在啜泣，她的声音很小，像是耳语："哥哥，我不要你走，你别扔下我一个人……"

童岸的大脑瞬间清醒，他跑过去夺过颜艺手中的电话："颜朗你听着，因为你的事颜艺现在的状态很不好，她精神出问题了……"

电话那头是一声冷笑："姓童的，你除了会害我妹妹，别的本事一点没长啊……哦，我说错了，你的本事大极了，老杜那里你都能搅和一腿，我低估你了。"

童岸气喘吁吁，颜艺挣扎着要抢回电话，这部电话早已被监听，能多拖一分钟，就能早一点定位到颜朗，童岸搂着颜艺不让她乱动，颜艺呜呜地边哭边挣扎，他对着电话喊："你和我家过去的事情我懒得再跟你计较了，但是你不能看着颜艺就这么废了，我找到她的心理咨询报告了，颜艺早就有心理疾病前兆，你当哥哥的不会不知道吧？你犯了这么大的罪，她扛不住了，你想眼睁睁地看着她成为一个废人吗？"

颜朗那边有片刻的沉默，两个男人像两只斗兽，在电话两端对峙着，许久之后，颜朗才说："这不是我的错，谁让你们不给我活路的！"

童岸觉得颜朗也是疯了，疯得不可理喻，他待要说些什么，颜朗那边啪地挂了电话，童岸听着话筒里嘟嘟的声音，想着金队长他们能不能找到颜朗，一时间没防备颜艺从他的怀抱里挣脱出来，她用尽力气甩了童岸一个耳光，童岸生生挨了一巴掌。

“你把我哥哥逼走了，我恨你！”

她下手极快极重，童岸脸上烫得厉害，颜艺哭得几乎脱了力，她跌跌撞撞地边往外边跑边哭着要找哥哥，童岸眼疾手快地抱住她，喃喃地哄着她。

颜艺渐渐安静下来，两个人躺在床上，他从后面抱着她，天气尚冷，她的头发却被汗水濡湿了。窗外依旧是黑暗的，黎明遥遥无期，他紧搂着颜艺，仿佛这天地间，只剩下他们两个，紧紧依存。

因为陈慕阳私自放走童岸的事，欧队长正在批评他，负责监听电话的警员一脸兴奋地报告：“队长，目标出现了！”

这通电话是在清晨打进颜家座机的，通话内容一清二楚，时长也足够，可惜的是，他们通过技术手段侦查出来，颜朗使用的手机没有实名，只能大致定位出来他所在的地方，和他们预想的有些偏差，他并没有逃跑，就在市区的某个地方躲着。

这一排查就是将近半个月，颜朗仿若滴水藏海，在津洲一千多万的庞大人口中，隐匿得不见踪影，这让警方束手无策。童岸汇报过来的情况更加糟糕，颜艺的心理状态十分不稳定，时好时坏，好的时候跟正常人无异，甚至还能写数据处理公司事务，一旦不好了，就连吃饭睡觉都成了大问题，童岸一步不敢离开，白天黑夜紧盯颜艺，生怕出了什么事。

这种状况下，颜艺没有能力再配合警方的行动，金处长的意思也是等她的情况好一些再做安排。陈慕阳来转达完处长的决定，看着颜艺恍恍惚惚地在家里走来走去，难受得不知该说些什么。

童岸给他倒了杯水，坐在他对面，颜艺现在只认得他，童岸走到哪儿她跟到哪儿，于是颜艺紧贴着童岸坐下来，安静地看着他俩。

陈慕阳叹口气："你打算怎么办呢，不能看着她就这么恶化下去吧？"

童岸眉头紧皱："我想带她去英国，我朋友帮我联系了那边的心理学专家，他们收治过相似的病例，颜艺有很大的可能恢复正常。"

"但是现在案子尚未破，颜艺不可能离开津洲，万一她出了国，颜朗没有后顾之忧，肯定会外逃，那样的话我们就满盘皆输了。"

童岸有些焦躁："那你说怎么办，她这样我心疼死了，颜艺是计算机专家，好好的一个人，总不能让她成为一个废人！"

陈慕阳也有些无奈："我也想早点儿抓到颜朗，再挨一枪我也愿意，可问题是……对了，还有一件事，你认不认识一个叫肖潇的女的，她妈妈曾经是华荣集团董事长，前些日子因为潘启文的事情，被查出行贿，还在接受调查中。"

"当然认识，我们从小一起长大，她出什么事了？"童岸一下子警惕起来。

"她死了，吸毒过量，还有，她是颜朗的女友之一，他供给她毒品。"

童岸以为挣扎了这么久，终于看见了海岸，可一个接一个的噩耗像是巨浪，毫不留情地扑打过来，几乎就要吞噬他。

童岸的眼睛里全是红血丝，他抬头看了看陈慕阳，又看了看沉默得像是木偶的颜艺，万千情绪堵在胸口，憋闷得难受。

陈慕阳离开时，看了看颜艺，她现在已然不认识他，而他就是带给她致命消息的人，他心里不是不难过的。

陈慕阳低声对童岸说："拜托你了，好好照顾她。"

童岸轻轻地嗯了一声，他刚要转身离开，童岸看着他的背影，高声叫住他："陈慕阳！"

他疑惑地回头看，童岸拢拢头发："没什么，就是想告诉你，你现在像个爷们了！"

陈慕阳扬脸一笑，语气却是傲娇的："我一直都是个爷们，24K纯种的爷们！"

两个人相视而笑，不约而同地伸手，在空中响亮地击掌。

此刻，童岸和陈慕阳，像战友，更像兄弟。

前两天颜艺打电话来的时候，潘悦安正在联系婚庆公司，潘母催着他们抓紧时间办婚事，颜艺平时又是极忙的，这些琐事一应交给他来办，潘悦安只好自己上阵，婚纱照也要拍，还有蜜月的事，一项项加起来，够他忙的。

那天颜艺从他住处回去的时候，脸色不太好，他以为是累的。骆雯生产在即，颜艺既要上班又要照顾孕妇，体力严重透支，他能理解，但是颜艺走之前说出来的那句话，让他当晚失眠了。

她说："悦安，这个婚礼，我们都是身不由己。"

她的眼睑低垂，睫毛的阴影投在脸颊上，有莫名的哀伤。他送她走后，回到卧室，看见抽屉似乎有动过的痕迹，他不能确定，是下午来打扫的钟点工动的，还是颜艺发现了什么。

看着婚庆公司推荐的各种套餐，潘悦安有些出神，其实他说不上多了解颜艺，她喜欢白色的玫瑰还是粉色的绣球，香槟要哪个产地的，婚礼喜饼是老式的传统点心还是西式的杯子蛋糕，他只能揣测着，可是他懂另外一个女孩的一切爱好，豆豆喜欢一切热烈的东西，她结婚时是中式婚礼，隆重而喜庆，新娘裙褂明晃晃的颜色，衬得她更加娇艳，像是一朵怒放的玫瑰。

如果不是她爸爸的公司在金融风暴中扛不住，即将崩于一瞬，如果不是那个男生家里恰好能提供帮她家东山再起的庞大资金，如果自己不是那么无能，也许一切都不是现在的样子了。

潘悦安有些意兴阑珊，他缓缓地推开桌子上堆叠的资料。

颜艺打过来电话，她说，对不起。

潘悦安听她断断续续地说完了事情的来龙去脉，是她哥哥出了事，犯了很大的罪，全国通缉。她还说，潘家已经遭受了一次打击，不能再来第二次了。她极力忍住声音里压抑的哽咽，可在潘悦安听来，那是绝望的声音。

他默默地挂上电话，心底怅然，却又有些如释重负。他喜欢颜艺，喜欢她的洒脱独立，喜欢她偶尔流露出的小女生娇俏的一面，可他也知道，那不是爱。

爱是能接受负担她一切的不堪，潘悦安自问，他能做到吗？他做不到，他是眼里揉不进沙子的人，他对自己的亲人犯下的罪过也不能无视，所以，他很感谢颜艺对他的放手。

潘悦安长吁了一口气，坐在咖啡店室外的藤椅上，远处是夕阳晚照，他心里想着童年时和豆豆并肩坐在大院里看夕阳，她的脸上有一层毛茸茸的金粉，笑起来像个洋娃娃。

其实陪着颜艺的时光没有想象中的难熬，童岸甚至觉得这样挺好，每天早上他起床后做早餐，然后带着颜艺去心理诊所做诊疗，他开车，她就乖乖地坐在副驾驶座上。看完医生，他带着她去以前常买给她好吃的那些馆子，颜艺安静得像是一只小白兔。晚上，他陪她洗漱，两个人窝在床上睡得横七竖八，童岸觉得，这样的日子他可以过一辈子。

颜艺总是犯糊涂，但是也有进步，她知道眼前的这个年轻男人是自己的男朋友，不是哥哥，每当有什么事，颜艺就会站在原地大喊："男朋友，快来！"

童岸笑着赶紧跑过来，原来是一只小飞虫落在了墙上，他赶走虫子，颜艺笑着冲他竖了大拇指，童岸心头一暖，回身抱住她，轻轻吻她的鼻尖，低声教她："喊'老公，快来'，我会跑得更快。"

颜艺嘴里念叨着"老公，快来"，"老公，快来"，生怕自己忘了的样子。童岸有些心酸，他握着她的手指，自言自语："等我们回了英国，我们就结婚，我是你老公，你是我老婆，傻乎乎的老婆，好不好？"

颜艺似懂非懂地点点头："好。"

童岸心里难受，摸摸她的头发，颜艺很久没有打理自己了，头发乱得很，颜艺突然说："我想去剪头发。"

童岸心情不错，决定带颜艺去剪头发。她常去的是一家会员制的美发店，当班店长一看是泰格的小颜总，赶紧安排专人服务，童岸说了一下大体要弄成什么样子，侍应生带着颜艺开始做头部清洁和按摩。

童岸没陪过别的女人做头发，但是他听薛司宇抱怨过，女孩子弄头发就像绣花，没三四个钟头别想走。童岸开始还能坐得住，喝喝茶听听音乐，等到颜艺开始剪发的时候，他实在待不住了，颜艺说想喝对面茶水铺的奶茶，好在有专门的服务人员跟着她，于是他跟店长打了个招呼，给颜艺去买奶茶。

出了美发店，童岸习惯性地扫视了一下四周，没什么异常。最近的日子里，保持警惕已经成了他的自然习惯，但就是没有任何颜朗的踪迹。一路跟着他们的便衣警察也习惯了这种平静，他们坐在汽车里百无聊赖地盯着茫茫的街道，搜寻着每一张陌生的面孔，就连童岸都觉得，现在这种守株待兔式的赌博，胜率越来越渺茫。

便利店不是特别大，童岸拿了奶茶又在里面转了转。他的注意力盯在货架上，一个金属酒瓶瓶身上的倒影，让他寒毛一奓，他以为是错觉，迅速地朝身后扭头，余光划过一个熟悉的身影。

童岸不甘心地追上去，那人三转两转，消失在便利店的后门处，童岸紧跟上，推开还在微晃的门扇，视线里却是空无一人。可他能感觉到，在某个角落，那双眼睛还在盯着自己。

颜艺今天状态不错，给她做头发的发型师和她有一搭无一搭地聊着，她的头脑倒也清醒，有问有答的。门开了，匆匆进来两个男人，径直走到颜艺面前。

其中一个男人掏出证件：“颜小姐，我们是警察。你男朋友刚刚被颜朗劫持，我们是来保护你的，快跟我们走。”

突如其来的打击让颜艺瞬间头晕目眩，世上她最爱的两个男人，真的要斗个你死我活吗？这两个警察一左一右，带着颜艺走出美发店。模模糊糊地，她听到对面传来熟悉的声音在叫自己。

颜艺还没来得及回应，身边二人见对面来的是童岸，一把捂住颜艺的嘴，把她硬塞进了汽车。童岸心里一惊，扔掉手里的东西冲过来，还是迟了一步，车子加速驶离了门口。

正在焦急时，一辆黑色的奔驰车从他身侧闪电一样疾驰而来，里面的男人冲他大叫：“快上车！”

他顾不得其他，拉开车门跳进去，他们紧紧追着那辆别克车不放。后面的便衣发现情况，马上发动汽车追赶，不想通过一个十字路口时被其他正常行驶的汽车拦住差点撞上。别克、奔驰两辆车在闹市区一前一后风驰电掣，童岸这时才看清楚，开车的男人竟然是藏匿了多日的颜朗。

“你怎么知道我带她出来的？你跟踪我们？”

颜朗紧盯着前面的别克：“我想见我妹妹，还需要你同意？”他抬眼从后视镜见童岸绷着脸不说话，才慢慢地说，“我让钟点工阿姨递给颜艺纸条，让她出门，我好找机会见她一面，不然以后再见就难了。”

“都是你干的好事，颜艺要是有什么危险，我饶不了你！”

“少说废话，你也不是什么好东西……带走颜艺的那几个人是怎么回事？又是你捣的鬼？”

要不是看他飙车，童岸真想揍他一拳：“我怎么知道？”

童岸掏出手机，拨通陈慕阳的电话：“快，颜艺被人劫走了，一辆灰色别克车，我正在津广高速……”

还未等他说完，颜朗一个回身劈手夺过他的手机，落下车窗扔了出去：“是男人的话就自己救颜艺，跟警察求助算什么本事，再说了，你们还想着抓我，做梦吧！”

童岸还想说什么，又怕分了颜朗的神跟不上那辆别克车，他们在高速上一路向北，出了市区就是进山的路，一路从繁华到人烟稀少，越走童岸越觉得古怪，这是以前杜老板让他蹚水时走的路线。

蜿蜒的山路开了将近一个小时，前面的车驶入一间废弃的仓库，停了下来。童岸和颜朗紧跟着他们，刚停好车，就看见颜艺双手被捆，嘴里堵着东西，两个壮硕的男人架着她下车往仓库深处走。

他俩刚想冲上去，不料仓库角落的扩音喇叭刺啦地发出一声噪响，一个熟悉的女声响起：“童岸，别来无恙啊？”

（30）

童岸感觉有一股冷气顺着脊柱蔓延，喊话的不是别人，正是杜薇，陈慕阳说过，杜薇因为怀孕的关系，再加上她在贩毒案中并没有涉入太深，已经取保候审。他最近满脑子全是颜艺，全然忘了还有杜薇，忘了杜薇不会放过他，死也不会放过。

颜朗示意童岸先找个隐蔽的地方藏起来，杜薇见童岸不现身，也不着急，让几个男人把颜艺带到身边，她的肚子小了许多，行动依旧有些吃力，很虚弱的样子。

“为了今天跟你好好见一面，我特意把孩子打掉了，我原来一直以为你介意我怀的是野种，后来我才明白，我怀的是谁的孩子根本不重要。”

杜薇脸上的表情十分狰狞，汗水顺着她的额头滑下来，她手里有一把枪，她缓缓抬起手：“是我当初瞎了眼，招了你这么个祸害进来，左军没能用这把枪干掉你，那我就替他报个仇，”她用枪顶住颜艺的太阳穴，“你还是不出来见我对吗？好吧，那我就送你心上人去见左军！”

她话音未落，童岸大急，立刻从砖墙后面出来，他面容煞白，吼道：“我欠你的我来还！你放了她！”

杜薇咧嘴笑，笑得像是一只夜枭：“那可不行，我怎么舍得对你下手呢，哈哈哈……”

颜艺憋得喘不上气，只能呜呜地挣扎，杜薇一把抓住她的头发，狠狠地往墙上撞，一下、两下、三下，颜艺的额头渗出殷红的血迹，她垂着头，被两个大汉架着，一动也不动，似乎是昏了过去。

童岸再也不肯忍，刚要冲过去，杜薇抬手就是一枪，巨大的声响回荡在仓库里，好在这一枪打偏了，子弹崩到了童岸旁边的水泥地面上，火星四射。

“别动，你要是再动，下一枪就打穿她的脑袋！”

“你说，怎么样你能放了她？”

杜薇的眼里有刹那的失神，她咬了咬嘴唇，声音很小：“我要你跟我走……”她说完觉得自己可笑，太可笑了，竟然还有这种幼稚的念头，眼前的这个男人，毁了她的一切，可她依旧记得，在夜店他出手相救的夜晚，他的眼睛像是天幕上最明亮的星星，她希望一辈子沉浸在他的眼神里，永远不要醒。

想起曾经有过的幻想，杜薇觉得自己可怜又可恨，父亲只不过想最后金盆洗手，却栽在了童岸的手里，她明白，父亲不可能活着出来了，贩毒是极重的罪，他逃不了，也活不了。

她设想中的未来生活，全都成了泡影，而始作俑者，与其说是童岸，不如说是愚蠢到家的自己。

杜薇再抬头望向童岸，他的脸上有种异样的刚毅，像是换了一个人，不再是她印象中对一切的漫不经心，可他的认真，终究不是为了她。

她发狠抓起颜艺的头发，颜艺痛得扭动着身体想挣脱，冷不防杜薇反手一个耳光打过来，颜艺脑袋一侧，面孔上立时肿起一个掌印。

这一掌打得颜艺清醒了许多，她抬头看见童岸站在不远处，呜咽着要往前挣去。一时间两个男人没有防备，竟然让颜艺跌跌撞撞地跑了出去。

颜艺的眼里只有童岸，他离她只有几步的距离，却像是隔了一个光年，她忘了身后的危险，只懂得前方的那个人，是她最爱的人。

杜薇看着远处的两个人，心里的绝望即将吞噬她，她慢慢地抬手，手里的枪瞄准无知无觉的颜艺。她的枪法是父亲训练出来的，刚才打偏，是她舍不得，现在这一枪，颜艺必死无疑。

枪响了，她看着眼前的那个人缓缓倒下去，再细看，打中的不是颜艺，颜艺没有那么高的身形，也不可能正面迎上来这一枪，等她看清楚是童岸冲上来帮颜艺挡了这致命的一枪时，第二声枪响了。

身边的几个男人抱头鼠窜，四散而逃，杜薇仰面倒在地上，一颗子弹贯穿她的左胸。血液汩汩地流出来，杜薇觉得很痛，痛得眼泪都止不住，她的嘴里有腥甜的气息涌出来，视线开始模糊，她看着远处有个男人的身影向她奔过来，一支黑洞洞的枪口伸到她的双眉之间，火光一闪，巨大的轰鸣，她什么都不知道了。

自从获悉自己一向浪荡的哥哥竟是横跨两个大洲的毒枭，背叛自己的男友又变成警方的卧底，如此多变的现实让颜艺一时间无法负担，她的意识濒于崩溃，只能选择逃避。现实似一场噩梦，在梦之中她已被逼绝境，无路可退。而她自救的方法就是在心里搭建一所可以遮风避雨的玻璃房子，将自己反锁进去。从那时起，任凭门外的童岸如何呼喊，颜艺也只是躲在心中那所房子的角落里不敢出来。而这次，射中童岸的子弹彻底击碎了颜艺的房子。

她记起陈慕阳是怎样把事情的经过讲给她的，希望她能配合警方缉捕颜朗，也记起和童岸住在家里相依相伴的短暂时光，还有那几个男人在美发店门口跟她说，要带她去警察局录口供。她被挟持进车里，最后的记忆定格在童岸扑在她身前，替她挡了那颗子弹的瞬间……

所有的一切如同丢失了的数据，被她重新写回自己的大脑。

颜艺扶着童岸，他半边身子全是血，伤口处还不断有鲜血涌出，她手忙脚乱地想去按住，却发现她的努力都是徒劳，颜艺又急又怕，童岸却问她："没有……伤到你吧……"

一句话没有说完，童岸又是一口血喷出来，那血溅在颜艺的脸上，她顾不得擦，眼泪直流下来："童岸，童岸，我求求你，你别死！"

颜朗几枪打跑了杜薇带来的几个帮凶，没伤他们的皮毛，他要抓紧时间，他还有更重要的事。颜朗回头看看妹妹，快步走过来，拉起她就要走。

没想到颜艺睁大泪眼看着哥哥："哥，你救救他，救救他，别让他死……"

颜朗眉头紧皱，无奈地蹲下来，看着妹妹的双眼："颜艺，你放下他，我带你走。我们坐船离开这里，我都安排好了，去阿根廷，我在那里已经置好了产业，那边没有引渡条约，他们抓不到我，我们兄妹下半生衣食无忧！"

颜艺根本听不进去，她号啕大哭："我不走，童岸快死了，他流了好多血，我要救他，我不跟你走！"

颜朗快要失去耐心，他拽不动颜艺，她仿佛生了根，死死地扎在童岸身上："不走不行，留下你就是我的祸患，童岸死就死了，以后还会有其他男人，比他更好！"

"我不要别人，我只要他！"颜艺哭叫，死命地抱着童岸逐渐冷下来的身体。

颜朗实在没有办法，心里一横，掏枪对准童岸，准备一枪打死他，好让颜艺死了心。不料颜艺一个转身迎上来，用额头顶着颜朗的枪口，颤抖着闭上眼睛："你要打就先打死我！死在你手里的人太多了，我拿命替你消了你的罪过！”

颜朗又气又恨又怜，他咬着牙，几次想扣动扳机，总是下不了手，他的手颤抖着，一幕幕往事在眼前浮现——兄妹二人被赶出家门，相依为命；他身陷牢狱，颜艺不辞辛苦辗转来看他……颜朗下不了手，这是他唯一的亲人了。

突然间外面警笛大作，十几名特警全副武装地冲了进来，迅速把仓库包围起来，欧队长手势一落，几名队员悄悄从后面包抄上来，颜朗自知插翅难逃，他抬起手，手里的枪是他最后的依靠。

颜艺放下童岸，抱住哥哥的腿痛哭：“哥哥，不要，你跑不了的，认罪吧……”

见哥哥犹疑，颜艺抓着他的衣服，摇了摇，就像小时候有什么事情求哥哥时一样：“哥，我不恨你，你犯了再大的罪过，也是我的哥哥……”

陈慕阳的声音从高音喇叭里传出来，失真得不像是他的声音，颜艺的耳朵嗡嗡作响，听不清他在说些什么，大概是些希望颜朗能主动投案，不要负隅顽抗。

整个仓库里静得没有一丝风，空气里弥漫着火药和鲜血的味道，刺激着每一个人的神经。颜朗犹如一座雕像，站立了许久，谁也不知道他在想些什么。时间一分一秒地过去，颜艺坐在地上抱着童岸，他的气息时有时无，颜艺把嘴唇贴在他的额头上，只怕自己一个恍惚，童岸就这样离她而去。

终于，颜朗紧握手枪的手缓缓松开，那支手枪重重地落在地上，发出沉闷的一声。颜朗看看坐在地上满脸血污的妹妹，蹲下身来，摸摸她的头发，用最温柔的声音说：“不要害怕，是哥哥错了，别哭了。”

然后，颜朗站起身，举起双手示意投降，他一步一步走向欧队长和陈慕阳的方向，特警队员给他戴上手铐，颜朗回头看了看妹妹，颜艺抱着昏迷的童岸哭得声嘶力竭，颜朗转过身，什么都没说，一步一步走出了仓库。

这一夜是清醒的，又是极乱的，颜艺呆坐在手术室外的长椅上，对面的LED屏幕上依旧显示着“手术中”。颜艺的伤口简单处理过，贴着纱布，隐隐作痛，她的体力已经严重透支，头靠在墙上，半寐半醒之间，她看见一个年轻男人的身影走了过来。

她没有睁眼，陈慕阳极轻地叹口气，脱下身上的大衣，小心翼翼地搭在颜艺的身上。他掏出烟盒，刚想弹出支烟，看看睡梦中的颜艺，又生生忍住了。

这场手术耗时漫长，救护车一路风驰电掣，从北部的山里把重伤的童岸送到市里最好的医院。童岸的伤在肺部，杜薇一枪打穿了童岸的胸腔，伤口离心脏只有两厘米之差，肺动脉严重破裂，再加上医生到达现场的时间问题，童岸能不能救得活，谁都没有把握。

因为病人的特殊身份，警方要求医院以最大的力量救治，各种稀缺药品都从药站、津洲市药库得到补充和支持。中心医院李院长、王院长坐镇手术室一线指挥，手术室严禁任何无关者进入。医院已聘请胸科医院专家为童岸实施急救手术，外加整个外科的精英全都调动起来，汇集在手术室里，不眠不休，持续奋战了将近八个钟头。

两袋400cc的血浆送进去，不够，再送两袋，还不够，直到医院里备用的AB型血浆告急，开始向津洲血液中心紧急申请调用血源。颜艺害怕极了，手术室就像一个深不可测的黑洞，一点点吞噬着童岸微弱的生命。

凌晨的时候，一个五十来岁的医生急匆匆地从手术室出来，手术服上带着斑斑的血迹，他在走廊里急切地高声问："谁是童岸的家属，童岸的家属在吗？"

颜艺冲上去："我是，我是他未婚妻。"

医生皱眉："还有没有直系亲属？"

颜艺一愣，不知该怎么回答："没了，他父母都不在了，只有我了。"

医生回身望望手术室，叹口气："那你能承担一切手术中可能出现的后果吗？"

"能，我能，"她忙不迭地说，赶紧抓过笔，在医生指给她的地方唰唰两笔签好，递给医生，听见自己的牙齿都在打战，颜艺的手不由自主地抓着医生，哀求道："求求你们，一定要救活他，我有钱，我有公司，有房子，不管多大的代价，一定要救活他！"

医生看着眼前这个惊惧担忧的年轻女子，她额头上的伤口还在往外渗血，脸色苍白如纸，她浑身都在抖，控制不住地颤抖，他的语气不由得和缓下来："我们会尽力的，你放心，只是他伤在重要器官上，失血太多……"医生不想多说什么，"我们会尽最大努力的。"

颜艺的灵魂早已出了她的躯壳，医生说了什么，她没听清，颜艺脑子里想的，是怎么跟老费商量卖掉她手里的半个泰格，套现的话能有五千多万，还有，要赶紧联系她在美国的朋友，不行的话买个私人飞机，配上全套医疗设施，去美国治，美国治不好就去德国，无论怎么样，让她赔上身家性命也好，让她一无所有也罢，她只求一个活着的童岸。

陈慕阳坐在她身边，陪着她，从黎明等到清晨，手术室里的灯光终于灭了，颜艺却在这一刻胆怯起来，她怕，她输不起。

还是刚才那个医生，他一边摘手上鲜血淋漓的手套，一边找到颜艺，颜艺枯坐了一宿，整个人都木了，陈慕阳赶紧扶了她一把，她才勉强支撑着自己起来。

他脸色很严肃，颜艺心头一紧，他缓了语气，说道："病人的情况……你要有个心理准备……"

颜艺本就心力交瘁，这句话像是一个滚雷，生生劈掉了她仅存的那点奢望，她眼前一黑，耳畔轰然作响，就什么也不知道了。

她终究还是失去了他。

再醒来是在自己家中，宽大的床和熟悉的枕头带来的触感，真真切切地提醒着颜艺，前两天的可怕经历不是一场梦，是真实发生过的。她缓缓坐起身，待在原地一动不动，所有纷繁的记忆涌上来，她被劫持了，童岸倒在血泊里，那血像是堵不住的泉水，她怕极了，哥哥开枪了，打死了杜薇。颜艺头疼欲裂，一声哀号，抱着脑袋缩在床头，双手紧紧地抓着自己的头发。

听见屋子里有了动静，陈慕阳轻轻地推开门，他见颜艺已经醒了，端了一杯温水，慢慢走进来，坐在床边，递过杯子："喝口水吧，你这一睡就快30个小时了，肚子饿吗，我熬了点儿粥。"

颜艺接过水，一饮而尽，这才觉得干裂的喉咙里稍微舒服了一点。水喝了，人也清醒了不少，她突然想起什么，扑上来抓住陈慕阳的衣袖，眼圈迅速红了："我记得，我晕过去的时候，大夫说童岸救不活了……"

说完，两行眼泪哗一下淌了下来，她伸手想用衣袖擦掉，却怎么也止不住眼泪，陈慕阳也有些难受，抓住颜艺的手，只觉得她手凉得像是冰，他喃喃地说："你别这样……"

他不知该说些什么，突然想起来，也许这件事能让颜艺心情好点儿："你晕过去之后，你的好朋友骆雯，让她老公替她来看过你，她刚生产完，母女平安。"

颜艺的脸上难得有了一丝喜悦的神色，待她的情绪稳定后，陈慕阳才艰难地开口："是金处长和欧队长让我带你回来的，你体力透支，不能再守在医院了，我们有专人在医院，你放心吧，"他顿了顿，思索了一下，觉得还是应该说出来，"队里希望你能早点去局里做笔录，你是案件当事人，这是必须要走的程序。"

颜艺不作声，陈慕阳见她平静了许多，才敢继续开口："还有……颜朗被捕之后一直拒绝配合我们的审问，他的反侦察能力出乎我们的预想，这个贩毒大案至关重要，我们已经有同事牺牲了，不能再拖下去……"

陈慕阳没再往下说，颜艺明白他的意思，不待他再开口，颜艺打断他："我知道该怎么做，我会配合你们，让颜朗交代……犯罪经过。"

最后的几个字，在她的嘴里显得格外陌生，颜艺扭过头，看着窗外沉沉的乌云，津洲的春天很美，马上就是海棠和桐花盛开的季节，满城浅粉淡白的花潮，花荫沉甸甸地盖下来，可惜最近的气候变幻莫测，寒潮接连不断地过境，好像总也等不到花期。

陈慕阳满心想搜罗些什么话题，哪怕是最无趣的冷笑话，也比这么两两相对着要好，他挤了一丝笑容，却没想到一直看着窗外的颜艺幽幽地问："我哥……颜朗，这次是必死无疑了，对吗？"

陈慕阳沉思了片刻，才敢谨慎地开口："贩毒是大罪，但也不是没有争取立功的机会，这要看颜朗的表现，毕竟我们还需要他的配合，把这条海外贩毒线到底是怎么运作起来的搞清楚，他能早一天交代，我们就能早一天破案。”

颜艺再没多说什么，陈慕阳离开的时候，外面零星下起了雨，颜艺给他找伞，百寻不得，最后还是在鞋柜里找到的，一把黑色的竹柄伞，是颜朗常用的，典型的英国货。颜朗在这些小细节上相当讲究，他离开的时候带走了大部分的个人用品，唯独遗忘了这把他最喜欢的伞。想到哥哥，颜艺鼻子一酸，当着陈慕阳的面别过去脸，生生忍住了。

陈慕阳只当她是惦念童岸，没敢再提，他接过伞，刚要迈出门，却一个回身紧紧抱住她，颜艺木然地任由他抱着，陈慕阳用脸颊轻轻蹭着她的头发，鼻尖上有她特有的发香，只听他喃喃地说：“颜艺，你还有我，你还有我……”

大门关上，颜艺空虚地蹲坐在地上，屋子里面空得让人发慌，暮色四沉。远处像是有什么怪物在等着她，颜艺害怕，挣扎着起身，在书柜后面摸出一瓶上好的龙舌兰，这还是她上次阑尾炎发作后，颜朗禁止她再酗酒，把家里的存酒全扔了，她悄悄藏起来的一瓶劫后余生的酒。颜艺掀掉瓶塞咕咚咕咚地往嘴里灌，辛辣刺激的酒精在胃里膨胀，热乎乎地顺着血管流淌，颜艺终于感觉屋子里没有了那种死一样的冷，一口一口的酒灌下去，她整个人终于舒坦了一些。

天旋地转的感觉又涌上来，颜艺看着一切慢慢颠倒，天花板翻转成地面，墙上的时钟倒转，她坐在地上静静地等着，等着一切回到最初的样子，童岸微笑着向她走来，等着哥哥来告诉她，一切都是她的幻觉，他不是毒枭，他只是她浪荡成性，却又深爱着她的哥哥。

等她能打起精神，已经是两日后。颜朗找人带出话来，要见颜艺一面。

陈慕阳开车接她去看守所，一路上两人无话。直到沉重的铁门拉开的那一刻，颜艺的呼吸顿时急促起来，她下意识地抓了一下陈慕阳的衣袖，他轻轻地拍了拍她的手，示意她放松。

来之前金处长和欧队长和她谈过话，无非是叮嘱她要注意哪几个关键问题，让颜朗尽量多说，他们已经安排好监视监听。颜艺似懂非懂地点点头，金处长知道她最近遭遇了太多不顺的事，一个童岸，一个颜朗，这次让她去，无论能问出多少，都是收获。

因为手上脚上都带着镣铐的关系，颜朗还未到会见室，颜艺就已经听到了一阵金属碰撞的声音，她一下子站起来，颜朗推门而入，没想到是颜艺站在那里，他愣了几秒，脸上很快恢复了神色，平静地走进来。

陈慕阳不方便继续待下去，他向跟着的两个警员打了招呼，又回头望了脸色苍白的颜艺一眼，这才出去了。

颜朗在桌前坐定，许久没有开口，颜艺细细地打量哥哥，头发理成了寸头，利落了许多，神情有些委顿，瘦了，眉眼之间依旧有浓重的荫翳，她稳住心神，伸出手，握住哥哥的手。

颜朗怔了一下，任由她握着，颜艺想到上一次他坐牢，几年来，他从不允许她去探监，哪怕她来了，他也不见她，也许就是怕她见到他这副样子。颜艺心酸得难受，眼泪在眼眶里打转。

“在这儿过得还好吗，吃饭睡觉适应吗？”颜艺觉得自己再不说话，就要崩溃了。

颜朗微微点点头，又摇了摇，颜艺吃不准他是什么意思，追问道：“有没有想吃想要的东西，我帮你买。”

“我曾经发誓，这辈子再也不回这鬼地方……真是造化弄人，最后还是回来了。”颜朗神色如常，他艰难地抬手，挠挠头皮，

"童岸最近情况怎么样？"

她叹口气，心里的酸涩再次涌上来："还在昏迷中，医生让我有个心理准备，情况好的话，也许很快会醒过来，不好的话，可能一辈子就这样了。"

颜朗听完，重重地砸了一下桌子，把两个警员吓了一跳，他气得眉毛都在跳："老杜家成事不足败事有余，养了个蠢货女儿！早知道我就一枪打死她了，现在害得你还要为姓童的伤心！"

颜艺苦笑："我和潘悦安摊牌了，你给他发匿名邮件的事情，还有你……这次的事，他过不了这道坎，我能理解他。我还有一辈子，不着急，我欠童岸的，就让我慢慢还吧。"

"说到底是我对不起你，"颜朗低了头，慢慢说道，"那些邮件确实是我发给姓潘的，还有些资料，我快递给他了，想必他没跟你说。我得知潘悦安追求你，私下花钱找人查了他，他爹当年就是华荣案的主办人员，我觉得这事没那么简单，而且肖潇也说漏了嘴，潘启文和陈宝珠的那些丑事瞒不住我。我给潘悦安寄匿名邮件，就是想点醒他，他要有自知之明，装什么大尾巴狼，实际上他靠的还是他那腐败的爹。没想到那小子挺有种，把他老子直接举报了。这下坏了我的计划，我本来还想用这事要挟一下陈宝珠。"

颜艺一点也不惊讶，她定定地看着哥哥："过去那些恩怨，你总是抓着不放……"

"刀子扎的不是你的心头，你自然不会像我这样疼，"颜朗转身问警员，"能给我一支烟吗？"

请示之后，一盒蓝色钻石香烟和一个塑料打火机送了进来，颜朗闲闲地磕出一支烟，叼在嘴里，又吃力地抬起戴着镣铐的手，把火打着拢在嘴边。

他深深地吸了一口，才接着说道：“陈宝珠不是什么好货色，当年要不是她，婉静何至于丢了一条性命！我蹲监狱后她跟了童志国，我不怪她，咱们这样的出身，穷怕了，她又不像你，念书也念不好，找不着赚钱的工作，我出来后找过她，她哭了，她一哭我就心软，她的日子看着好，其实受了不少罪，童志国那方面的能力不行了，还老爱在床上折磨她，她想回到我身边，可是想到未来要同我一起过回苦日子又心不有甘，所以我们只能私下来往。可是永远偷偷摸摸也不是办法，我们就想如果能有一笔钱，可以让我们远走高飞就好了。”

“童志国的生意出现了问题，他对婉静的家暴变本加厉，几次都是她拦着我才没有直接找那老小子。我们走投无路的时候，陈宝珠找上了徐婉静。她告诉徐婉静，她要童志国的一个记事本，里面记载的是他许多见不得光的内幕交易。如果陈宝珠得到这个东西，她就可以在董事会上联合其他董事，直接罢免童志国的董事长职位，而且她已经得知婉静与我私下往来的事情，如果童志国知道一定不会放过我们，所以最好的方法就是与她合作，事成之后她会给我们一百万，足够我们开始新的生活。陈宝珠开出的条件最终打动了我们，我决定帮她，也帮自己。”

“那个笔记本，徐婉静见过，童志国从不离身，回到住处就锁进保险柜，根本不让她接触，想要拿到难度很大，我们迟迟找不到合适的机会下手。这时候婉静告诉我，她怀孕了，我知道那是我的孩子，童志国早就没有生育能力了，我们必须赶紧拿到钱离开这里。没几天，童志国就发现了徐婉静怀孕的事情，那天在公寓我和童志国大打出手，被你们拉开，我确实打算再找他算账，可是婉静已经偷偷拿到童志国保险箱的钥匙，成功就在眼前。我和婉静约好，她拿到东西之后我就会接上她，我们远走高飞。”

颜朗一支烟抽完，又去拿下一支，颜艺静静地听哥哥说。听到当年的那起凶杀案的时候，她心头一跳：“我只问你一句，徐婉静真的是童志国杀死的吗？”

颜朗随手弹了弹烟灰，无声地笑了：“颜艺，从那天起，你就从没相信过我在这件事上是清白的，对吗？童志国一命呜呼，真相也许再没人知道，可是我问心无愧。后来陈宝珠如愿以偿地得到了整个华荣，我找她要过补偿，陈宝珠知道死了人，再也不敢承认做过任何承诺，不然的话，你以为我为什么好端端地去招惹肖潇，我总得给她点儿苦头尝尝吧。”

想到死去的肖潇，还有她肚子里那个未见天日的孩子，颜艺抑制不住地愤怒起来：“颜朗，你迟早会遭报应的！”

“报应这不已经来了……”他懒洋洋地靠在椅子上，“我自己的亲妹妹把我查了个底朝天，她早就不相信她唯一的哥哥还能干出什么好事。我说颜艺，童岸笨，你也犯傻，你查当年那个不在场证人有个屁用？”

“你拿钱让他替你做了不在场证明，不然你当时跟地下钱庄签借据做什么？”颜艺几乎是低吼出声。

“别瞎说，我才不怕他出来做任何证明，问题是当年那个老小子胆子太小，一听警察说还有命案沾边，根本不敢出来作证，带着老婆儿子跑回老家了，我千辛万苦才找到他，答应给他五万块钱，让他去警察局如实说，案发时我是不是在他的小卖部里，钱壮尿人胆，这样他才敢去。”

“什么？那你为什么还继续给他钱，还帮着他儿子找工作？”颜艺不敢置信地看着颜朗。

“我真没瞎说，不信你去问那个老小子，不过，他儿子可真是个浑蛋，以为咬定了我这个冤大头！他跟我说，要是不依着他，他就敢跟警察翻我的旧账，我当年给他爸钱的事，保不齐他会怎么跟警察说。我这不是做着见不得人的买卖嘛，最忌讳的就是让警察盯上，再说他要的钱对我来说九牛一毛，拿钱打发他还不容易。”

颜艺愣怔了一下，她万万没想到，事情原来是这个样子，是她和童岸跑错了方向。颜朗固有千重的罪过，这一重，却是她实打实地错怪他了。

她浑身发软，双手捂着脸，迟迟不愿再直视哥哥，屋子里弥漫着浓重的烟味，呛得她只想流泪。

颜朗满不在乎地笑笑，吃力地抬手，揉揉她的头发：“哭什么，没什么大不了的，你哥我打干这行的那天，就预料到会有这个地步，可惜了，送给你的那套房子，估计也要被他们没收了。”

“哥，你都说了吧，你都跟他们说了吧，能争取一点宽大处理就争取一点……”

颜朗的脸上浮起一层灰败的颜色，他低头勉强笑了一下，声音干涩：“你真的以为我还有出去的那天吗？”

一年半以后的秋天。

病房的窗外，有一棵枫树，深秋时节，巴掌大的金黄树叶在阳光下泛着明亮的色彩，颜艺开窗换气的时候，偶尔有一两点落叶飘进来，她总是很小心地捡起来，拿到童岸紧闭的眼前，晃一晃，仿佛他也在微笑着看窗外的风景。

童岸依旧昏迷，只是稳定了许多，在医生的建议下，他出了重症监护室，转到私立医院更加舒适一点的病房。颜艺请了护工，不忙的时候，她所有的时间都花在这里，给童岸刮刮胡子、擦擦身体，还会给他读一读最近的新闻，她买了便携音响，从巴赫到柴可夫斯基，拣他喜欢的唱片，一首首播放给他听。

潘悦安来病房看过她，带了大盆的白色茶花，颜艺很高兴地收下了，他有些羞赧，说："一直以来都以为你喜欢玫瑰，结果误猜了你的心思，将功补过吧。"他看看病床上的童岸，不知该怎么安慰颜艺，她的神色反而没有以前那样焦灼了，反倒劝慰他："我很好，现在他总算会一直在我身边，我别无所求。"

她问了潘悦安的现状，知道他现在在新的外企混得风生水起，潘母也渐渐接受了现实，放下身段，借着广场舞和老年合唱团消磨了空虚的时光。临走时他迟疑地抬手，终于做了他很久就想做的事，把颜艺耳旁的碎发捋了捋，替她整理好鬓角。

颜艺的眼睛依旧亮得像深夜里的黑曜石，他按捺住又要浮起来的那点念头，最终还是道了别，医院外面凉风乍起，把他发热的头脑一点点吹得清醒。

她现在守着自己的幸福，这很好，起码她得偿所愿。他和她，终究是没有这一世的缘分。

颜艺歪在床头的沙发椅里，老费在这一年多里，神通广大地将泰格弄进了IPO（首次公开募股；Initial Public Offerings的简称）的排队名单中，也就是说，泰格终于要上市了。颜艺虽然处在多事之秋，老费也给了她最大的自由，但她的性子从来不愿在工作上偷懒，下班后来童岸这里，她带了笔记本电脑赶工，不知不觉地歪在椅子里沉沉睡去。

再醒来的时候，身上搭了一条毯子，陈慕阳坐在对面，也在打瞌睡。他身上的衬衫皱了，胡子拉碴的，想必是熬了夜。听见她的动静，陈慕阳费力地睁开眼，他按住颜艺的手，许久没有说话。

再开口，他的嗓子哑得像被砂纸打磨过，他把一件黑色绸布裹着的东西交给她，里面四四方方的，似乎是一个盒子。

她一下子明白了，脸色唰一下白了，陈慕阳叹口气：“节哀吧。”

颜艺接过骨灰盒抱在怀里，眼泪一滴滴落在黑绸布上，洇开了大朵的暗色泪迹。她问陈慕阳：“我哥最后有没有什么对我说的？”

陈慕阳摇摇头：“注射行刑的时候，我在现场，他走得很平静，没受什么罪，也没说什么。”

他摘下头上的鸭舌帽，眼睛不敢看她：“那次你从看守所走了之后，据看守的警员说，你哥偷偷地哭了一次，然后要求见我们的人员。后面的事，你也知道，他全都招了，从海外贩毒线路到参与人员，还有大大小小一百多次的境内外交易，时间、地点、金额，所有的细节和数字，都在他脑子里存着，分毫不差，都能对得上，”他摇摇头，“参与审讯的同事事后跟我说，颜朗这脑子，不愧是当年津大金融专业的高才生，干这个营生，真是可惜了。”

直到陈慕阳离开许久，颜艺还是那个姿势坐在椅子上，回味着他说的这句话，从小到大，她听惯了别人对哥哥的评价，无非是“胡同里飞出的金凤凰”“天资聪颖”，甚至她上大学选修经济学的老教授，上着课的时候都会骄傲地提起姓颜的得意门生，无不是赞叹他的天赋和努力，而今天这一句，却是对他仓促的一生，最为中肯的评价。

老费派小项给她送来新的文件，上面清楚地写着她在公司里的股权，还有财务总监新做出来的她每年的底薪和分红比例，数字后面有好多的零，她在心里默默算了很久，对于她来说，这是个巨大的数字，可是，又有什么意义呢？

颜艺看看窗外，津洲依旧人潮汹涌，还有谁记得那些惊心动魄的传奇呢，但是她永远会记得逝去的那些人。

她低头看文件，上面的每一个汉字她都认识，连成一句却十分费解。颜艺的眼睛酸得发痛，她想，她宁愿不要这些，也想让一切回到最初的那个时光。

她和童岸初相识，颜朗和徐婉静也沉浸在爱情的甜蜜中，后来一切都变了，所有人都变了。

又是一个周日，薛司宇和骆雯抱着一岁多的女儿来医院看望童岸，颜艺喜欢死了这个又白净又漂亮的小姑娘，抱着不撒手，骆雯胖了些，抱怨薛司宇把母女两个喂得像两头小熊，薛司宇忙着给女儿擦口水，笑嘻嘻地让颜艺把孩子靠近童岸一些。

“喏，你看看，当年要说做儿女亲家的，我这儿可没耽误，你也赶紧醒醒，女大三抱金砖，别让我姑娘等你儿子太久啊！”

窗外的枫叶正红，颜艺拿了一片红叶，放在小宝贝的手里，小姑娘咿咿呀呀地晃着手里的叶片，在童岸的脸上无意地扫了扫，像是想让这个熟睡的叔叔醒一醒。骆雯见状，怕打扰了童岸，伸手要抱走女儿。

不可思议的事情发生了，叶片轻拂之下，童岸的睫毛颤抖着，似乎有了知觉，众人屏住呼吸地看着他，童岸努力地眨着睫毛，吃力地睁开了双眼。

他的眼睛依旧清亮幽黑，一如多年前，他们初见时的样子。